YVES GREVET

méto 1
La maison

SYROS

À Pierre

Loi n° 49 956 du 16 juillet 1949 sur les publications
destinées à la jeunesse : avril 2013.

© Syros, 2008
© 2013, éditions Pocket Jeunesse,
département d'Univers Poche, pour la présente édition.

ISBN : 978-2-266-23820-5

CHAPITRE

I

Crac!... Le bruit est à peine audible, mais il réveille tout le monde. Les respirations sont coupées. On attend dans un silence angoissant. Il est cinq ou six heures du matin. On sent poindre le jour à travers l'oculus. Soudain Servius chuchote :

— C'est Quintus !

— Non, c'est pas moi ! répond l'autre, comme si on l'injuriait.

— Taisez-vous tous, gronde Claudius, taisez-vous ou ils vont venir. Allez ! Tout le monde dort, espérons que ça ne se verra pas.

Une heure plus tard, le moment est venu de se lever. Chacun se redresse et descend lentement de son lit, puis en fait le tour en pinçant délicatement avec son pouce et son index les fines planches qui l'entourent.

La plupart du temps, ce geste quotidien est presque un plaisir. En l'accomplissant, on s'assure que tout va bien. Ce matin, c'est différent, un lit a craqué pendant la nuit. Un de nous est en danger et vit peut-être ses dernières heures dans la Maison.

— C'est Quintus!

La phrase est partie comme une flèche, mais cette fois on ne sait pas qui l'a prononcée. Quintus est assis par terre, la tête entre les mains. Tous les enfants passent près de lui. Certains lui touchent l'épaule en signe d'affection, les autres osent à peine le regarder. Marius pleure bruyamment.

Nous nous dirigeons vers la salle des lavabos. Marcus s'approche de moi et me glisse à l'oreille d'une voix hésitante :

— On ne peut pas continuer comme ça!

— Je sais, Marcus, dis-je sans le regarder. Mais qu'est-ce qu'on peut faire?

À peine avons-nous franchi la porte à battants qu'une sirène nous intime l'ordre de ne plus bouger et de fermer les yeux. On entend un bruit de pas rapides dans le couloir. Ils sont au moins cinq. Je pense tout à coup à Rémus que je n'ai pas vu se lever. Que va-t-il lui arriver quand, venant chercher Quintus, ils le verront dormir?

L'un d'eux s'est arrêté au milieu de la salle des lavabos. Au bout de quelques secondes, il entreprend une inspection. Il fixe les visages de très près. On sent la forte odeur de la graisse qu'il met sur ses chaussures ferrées. Cette odeur m'écœure. Je salive. Je sens que je pourrais vomir. Il se tourne vers la porte et s'immobilise. On entend les mêmes pas rapides dans le couloir, auxquels s'ajoute le bruit d'un sac qu'on traîne. Notre cerbère se dirige vers la sortie. J'entrouvre un œil et le vois de profil. C'est un homme de petite taille, plus petit que moi, sa tête paraît très grosse et comme déformée, et ses bras sont trop longs.

Après le petit déjeuner, César 1 vient me chercher et m'emmène dans la salle bleue. Il porte une barbe fine et a le crâne qui luit. Un numéro 1 est brodé sur sa poitrine. Il me fait signe de m'asseoir sur un des bancs qui longent les murs. Il disparaît derrière une petite porte. J'attends. Je ne sais où porter mon regard. Je connais ces murs vides par cœur. J'ai souvent patienté ici dans l'attente d'une sanction. Cela fait plus d'un an que je ne suis plus revenu. La porte s'ouvre. Un jeune enfant entre, suivi de près par César 3, copie quasi parfaite du numéro 1.

— Je te présente Crassus. Tu seras responsable de lui pendant un mois. C'est à toi de l'initier aux règles de la Maison. C'est à toi de lui éviter toutes les erreurs que commettent ceux qui ne savent pas. Aujourd'hui, tu lui fais visiter les lieux. Tu es dispensé d'activités. Tu as bien compris : s'il commet une faute, c'est toi qui paies, et cela pour une durée d'un mois à compter de ce jour.

— J'ai compris.

J'avais compris avant même qu'il ne parle. Quintus est «parti» et il faut le remplacer le jour même avant midi. C'est la première fois qu'on me confie une initiation. J'ai déjà vu les autres à l'œuvre. Je sais que c'est périlleux car les enfants, pourtant tous dociles dès le départ, ne peuvent éviter de se tromper. Il y a tellement de règles à apprendre! Il faut au début sans cesse se contrôler. Le principal conseil à donner, c'est d'attendre, de toujours attendre : attendre avant de parler, attendre avant d'agir.

— Ne reste pas planté là, dit doucement César 3, tu as du travail. Commence tout de suite. César te verra en fin de journée. Au revoir.

Sans un regard, il sort. Je me tourne vers le nouveau.

— Bonjour, Crassus. Écoute bien mon conseil : face à toute situation inconnue, fais la statue. Reste immobile et la bouche fermée. Attends que je t'explique. Même si tu es sûr d'avoir compris, ne te précipite pas. Regarde d'abord comment je fais et imite-moi, même si cela te paraît bizarre… Au départ, tout te paraîtra bizarre ici. Après, ça devient naturel et on n'y pense plus. Rappelle-toi : tu as de la chance d'être ici. On dort au chaud dans des draps propres et on mange à notre faim. On peut aussi lire et apprendre des jeux.

— Comment tu t'appelles?

— Je ne te l'ai pas dit? Je suis Méto. On va

commencer par le dortoir. Aujourd'hui, je vais te parler presque sans arrêt. N'hésite pas à me faire répéter, si tu ne comprends pas bien.

Nous marchons dans des couloirs déserts. Par moments, Crassus serre son manteau contre lui, comme s'il avait froid. Je reprends :

— Aujourd'hui, nous sommes le 29. C'est un jour impair, un jour à piqûre. Nous devons être à l'infirmerie pour dix heures. Tu dois commencer à comprendre qu'ici les horaires sont très stricts.

— Stricts??

— Ça veut dire qu'il est très important de les respecter et qu'il ne faut jamais arriver en retard. Sinon…

— Sinon?

— On peut avoir des ennuis. Mais si tu fais attention, tout ira bien.

Je pousse la porte du dortoir et prends la main de Crassus qui, bien que surpris, se laisse faire.

— Surtout, tu ne touches pas les lits. Lis ce qui est écrit là, sur le mur.

Il se tourne vers moi d'un air étonné.

— Vas-y! Lis. Tu ne sais pas lire?

— Non.

— Écoute bien, alors : *Le dortoir est exclusivement réservé au repos.* Tu as compris? Ici, personne ne jouera avec toi, personne ne te poursuivra pour s'amuser. Tu ne verras personne se cacher, ni se battre, même gentiment, avec un oreiller. Ici le mobilier est précieux, surtout les lits qui sont extrê-mement fragiles. Un seul contact un peu violent peut casser une des parois, et un lit cassé, c'est l'ex-pulsion.

— L'expulsion ? C'est quoi ?

— Tu disparais et on ne te revoit jamais.

La piqûre se pratique en haut des fesses. Elle a lieu juste avant le cours de lutte. Nous sommes habitués à ce traitement, personne ne rechigne.

— Les piqûres nous permettent d'être en bonne santé et de ne pas trop grandir. Tu n'as pas peur, Crassus ? Je te promets que tu ne sentiras presque rien.

Le nouveau se soumet avec docilité au rituel. Je vois son visage grimacer au moment où l'aiguille pénètre dans la chair. Il se croit obligé de me ras-surer :

— Je ne crains pas les piqûres. Mais, Méto, pour-quoi c'est bien de ne pas trop grandir ?

En fait, je ne sais pas pourquoi il est bien d'être petit, mais ici, c'est comme ça. Tout le monde est petit. Tant qu'on est petit, on reste au chaud dans le nid, après c'est le grand saut dans le vide…

— Viens, Crassus, on va s'asseoir. Il faut que je te raconte une histoire. Un jour, je suis passé deux fois à la piqûre. C'était un mardi. J'avais cassé mon ruban bleu ciel la veille.

— Ton ruban bleu ?

— Ah oui, les rubans… Je t'expliquerai cet après-midi. Je reprends. Donc, le ruban, ça m'avait perturbé et j'avais fait deux fois la queue. Tout se déroulait si vite, comme d'habitude, que personne ne semblait y faire attention. Pourtant, l'infirmier s'en est aperçu. Sûrement en voyant qu'on avait utilisé une seringue de trop. La leçon de sport a été annulée. Personne ne m'a dénoncé mais, le soir au dortoir, j'ai compris que cela ne se faisait pas. J'étais jeune, j'apprenais. «Il y a deux règles à respecter, avait martelé un grand dont j'ai oublié le nom : 1) Ne jamais voler la piqûre d'un autre. 2) Ne jamais priver les enfants de sport. La sanction en cas de récidive, c'est l'explosion nocturne du lit du coupable.» Même s'il me semblait que j'avais déjà compris, j'avais demandé en tremblant : «C'est quoi, récidive?» «Ne recommence pas! Voilà ce que ça veut dire. Et puis demain, tu donneras ta piqûre à Mamercus. Il a eu une alerte cette nuit. Son lit a fait un drôle de bruit.» Je n'avais pas protesté. Ils étaient tous d'accord et j'étais nouveau à l'époque. Je n'avais pas d'amis, tout le monde se méfie des nouveaux. Ils causent parfois des catastrophes. Tu verras qu'il existe un trafic autour des piqûres. Certains échangent leur injection contre une bonne note ou une part de gâteau. Des petits, surtout, qui n'ont pas encore tout compris.

Immobiles sur un banc, nous regardons les autres qui partent à la lutte en souriant.

— Tu veux les rejoindre? Aujourd'hui, tu n'es pas obligé, c'est ton premier jour.

— Je suis un peu fatigué, et puis…

— Et puis?

— J'ai faim.

— Je sais, mais pour cela il faut attendre, ici les horaires sont…

— Stricts.

— C'est ça. Tu comprends vite.

Crassus serre de nouveau son manteau contre lui.

— Tu as froid?

— Non, il fait chaud ici.

Nous restons là, silencieux. Crassus s'est endormi. Je sens un poids sur mon épaule. Au bout de quelques minutes, ma position devient inconfortable, mais je n'ose pas bouger de peur de le réveiller. Il sent le savon, il a dû passer au décrassage. Ma douleur étant de plus en plus forte, je m'écarte doucement et retiens sa tête pour éviter qu'il ne se cogne. Enfin je décide d'allonger ses jambes sur le banc et je m'assois près de sa tête. Ses cheveux sont ras. Il a une petite croûte de cicatrisation sur l'arrière du crâne.

Je devais lui ressembler, il y a quatre ans, quand j'ai découvert la Maison. Un petit être déplumé et fatigué, trop content de trouver un endroit sûr pour dormir. Je n'arrive pas à me souvenir d'avant. Je me souviens juste du froid, du noir et de ces terribles odeurs dont la seule évocation, des années plus tard, peut me faire vomir. Ce que je sais, c'est qu'ici c'est mieux.

Soudain je pense à Rémus qui ce matin dormait quand ils sont venus chercher Quintus. Comment est-ce possible? Je n'ai pas eu le temps de lui en parler. On m'a mis ce moineau dans les pattes. Cette mission me sépare des autres. Je n'aime pas ça.

Il est presque midi. Je dois réveiller Crassus. Nous ne pouvons pas rater le repas, surtout lui, dans son état. Je le secoue sans trop de ménagement et là, dans le silence, il hurle comme si je l'avais frappé. Je le secoue de nouveau en lui ordonnant sèchement de se taire.

— Ah, c'est toi, dit-il en reprenant son souffle, je crois que je rêvais. Qu'est-ce qu'il y a? J'ai dormi longtemps?

— C'est bientôt l'heure du déjeuner. Nous allons nous diriger vers la salle à manger.

— Excuse-moi d'avoir crié.

— Ce n'est rien, on y va.

On entre dans la salle les premiers et Crassus découvre avec émerveillement les tables garnies de victuailles. Il s'immobilise et reste planté, la bouche ouverte, sans doute saisi par la richesse et la variété des plats, ou bien il a déjà acquis le « réflexe de la statue ». Je lui tape gentiment sur l'épaule :

— Avance, n'aie pas peur. C'est aussi pour toi, tout ça. Ici, on va te remplumer.

Bientôt, nous sommes rejoints par les autres enfants qui gagnent leur place dans un léger brouhaha. Ils s'assoient et les bruits cessent. César 5 a levé sa fourchette en signe de bon appétit. Je glisse à l'oreille de Crassus :

— Tu dois compter jusqu'à 120 avant de toucher tes couverts et laisser un espace de cinquante secondes entre deux bouchées. À part cela, tu peux manger autant que tu veux dans la limite du temps imparti pour le repas.

J'entends Crassus qui respire fort près de moi. Il a les yeux dans le vague et semble perdu.

— Écoute les petits qui comptent à voix basse…

— 115... 116... 117... 118... 119... 120...

Crassus est surpris par le bruit que font… d'un coup soixante-quatre mains qui empoignent une fourchette. Quelques secondes plus tard, il me regarde en mâchant. On n'entend presque plus rien. Bientôt, on perçoit de nouveau la voix de petits qui égrènent 46… 47… 48… 49… 50… Moi, il y a longtemps que je ne compte plus. Je sens, à chaque fois, le moment exact où je peux piquer avec ma fourchette. Crassus mange jusqu'à la dernière seconde. Il a planté soixante-douze fois : le maximum. Je le sens fatigué soudain, sans doute le stress que génère, au début, ce rituel du repas. J'ai oublié de lui dire que c'est dangereux de manger trop, surtout après avoir connu la faim comme lui, mais à quoi bon ? M'aurait-il entendu ?

Nous nous levons. Je le soutiens un peu. Marcus me frôle.

— Surveille-le, il ne doit pas vomir.

— Je sais.

— Qu'est-ce qu'il a dit ? demande Crassus.

— Rien. Je te propose de faire une petite promenade pour t'aider à digérer. Tu es trop lourd pour aller jouer.

— On va où ?

— Au phare. De là-haut, on peut voir toute l'île. Il y a beaucoup d'escaliers, mais on va y grimper doucement.

— J'ai un peu mal au ventre.

— Si ça ne va pas, parle-moi. Évitons les catastrophes.

Le phare surmonte le toit de la Maison. On y accède par une série de couloirs. Nous passons devant de nombreuses portes que j'ai toujours vues fermées. Différentes odeurs s'échappent des salles : relents d'égouts, de transpiration, de renfermé ou de médicaments. Crassus fait la grimace. Je vois bien que ça ne va pas. Je cherche une solution. Toutes les portes sont closes, surtout celles donnant vers l'extérieur, où pendent d'énormes chaînes dorées. Il ne peut pas vomir là, au milieu d'un couloir.

— Ne t'inquiète pas, Méto, je sens que je vais mieux, mais on ne pourrait pas ouvrir une fenêtre que je puisse respirer un peu d'air frais ?

— Je n'ai jamais vu de fenêtres ouvertes dans la Maison. C'est aussi pour ça qu'il y fait toujours chaud. Maintenant, nous allons commencer l'ascension. Il y a des bancs tous les deux étages, on s'arrête quand tu veux.

Crassus se détend. Il monte doucement, en prenant bien soin de respirer profondément. Nous arrivons au sommet au bout d'un quart d'heure. La vue est dégagée. Je commence la leçon :

— Notre île ressemble à une étoile de mer. C'est une île d'origine volcanique avec une montagne au centre : l'ancien volcan. On a construit la Maison au fond du cratère. Les pentes du volcan sont riches et on peut y cultiver des fruits, des légumes et des céréales pendant la belle saison. Au nord se trouvent une forêt, où sont élevés des cochons, et des prairies, où vivent des ruminants et des volailles. On a aussi installé des ruches. La pêche se pratique tout autour de l'île et dans les grottes sous-marines situées sur la côte ouest.

En donnant ces explications, je me rends compte que je n'ai jamais vu de près tout ce dont je parle. J'ai tout étudié pendant les cours. Je ne vois des cochons des forêts que les tranches de jambon qui remplissent mon assiette ou les images des manuels. Soudain, j'aperçois César 1. Ai-je déjà commis une erreur ? Il a le même visage que d'habitude. Il sourit. Mais il sourit toujours, même quand il annonce les pires nouvelles.

— Méto, ton protégé doit porter l'uniforme au repas de ce soir. J'ai l'impression que tu as oublié de passer chez le tailleur.

— Non, César, je n'ai pas oublié. Nous irons là-bas juste avant la chorale. Crassus était très faible ce matin. Il a dormi un peu et puis je ne voulais pas qu'il rate l'heure du repas.

— J'ai vu qu'il en avait besoin. Tu as bien fait. N'a-t-il pas trop mangé à midi ?

— Sans doute, mais ça ira.

— Ne tarde pas, le tailleur t'attend et il n'est pas dans un bon jour.

— Pourquoi ?

— Des petits se sont battus au début du cours de lutte et ont déchiré leurs uniformes. Les grands sont intervenus un peu tard. Il y aura des sanctions. Elles seront prononcées au dîner, annonce-t-il avec le même sourire inexpressif.

Je déteste César 1.

Il tourne les talons sans un regard pour Crassus.

— Il fait comme si je n'existais pas, s'inquiète celui-ci.

— Pour l'instant, tu ne fais pas partie de la Maison. Il te parlera à la fin de ton initiation. Jusque-là, je parle à ta place. À présent, nous allons chez le tailleur.

Le tailleur me regarde avec cet air mauvais qui ne le quitte jamais.

— Alors, c'est lui, le nouveau ? lâche-t-il. Il lui faut du 4. Tiens.

Il me tend un ballot de grosse toile verdâtre. Je passe avec Crassus dans le vestiaire. Je déplie le tissu sur la large table au centre de la pièce. Il y a dedans une chemise blanche, des sous-vêtements blancs, un pantalon marron, une grosse veste de couleur grise, des chaussettes et des chaussures noires.

— Voilà les vêtements que tu vas porter aujourd'hui. Tu rentres dans cette cabine, tu te changes et tu reviens plier toutes tes anciennes affaires. Tu les replaces dans le ballot et on part pour la chorale.

— On va me les rendre après ?

— Après quoi ?

— Quand je partirai.

— Non, je crois qu'ils les brûlent. Les vêtements qui composent l'uniforme sont neufs, plus chauds et de meilleure qualité. Tu n'as rien à regretter.

— Je veux garder mon manteau.

— Pourquoi ?

— C'est tout ce que j'ai… et puis il est très chaud.

Qu'est-ce qu'il veut, celui-là ? Qu'on rate l'heure de la chorale à cause de son manteau pourri en poils de rat ? Je ne dois pas m'énerver, je sais que ça peut tout gâcher. J'essaie d'adopter un ton calme mais ferme :

— Ce n'est pas possible. Rentre là-dedans et change-toi. En lui parlant, je le pousse doucement dans la cabine étroite, dont je ferme la porte.

Je regarde ma montre en respirant lentement. Je ne l'entends pas s'affairer. Alors, je compte trente secondes dans ma tête et j'ouvre la porte. Il est assis par terre et pleure en silence.

— J'ai peur d'avoir froid, et puis ce manteau, c'est à moi. Je ne veux pas qu'on le brûle, gémit-il.

— Écoute-moi, dis-je, un peu embêté, mets tes nouvelles affaires. Pour le manteau, je te promets d'en parler à César avant le repas. Ici, tu n'auras jamais froid. Tu verras ton armoire ce soir, dans le dortoir. Elle sera pleine à craquer de pulls, de vestes et de manteaux. Allez, fais vite. Je ne veux pas qu'on arrive en retard à la chorale.

Crassus se relève. Il ferme la porte et s'habille en quelques secondes. Quand il ressort, il est transformé. Il se force à sourire. Je laisse le ballot au tailleur et lui précise d'une voix la plus aimable possible :

— Il veut garder son manteau en souvenir. Je vais en parler à César ce soir. D'ici là, je vous remercie de ne pas le brûler.

— C'est ça… c'est ça… En souvenir. Va parler à César.

Dans son regard, je perçois une complicité malsaine, comme s'il pensait que je joue la comédie et que ni l'un ni l'autre nous ne sommes dupes.

Je rattrape Crassus.

— Ça va aller. Allons chanter.

Une fois par semaine, nous allons à la chorale. Le rituel veut que chacun s'attache, avant de commencer, une bande de papier de couleur autour de la poitrine. La bande doit être parfaitement ajustée. Elle ne doit pas être trop lâche et risquer de descendre, ni bien sûr se déchirer pour avoir été trop serrée... Il y a quatre couleurs. J'accroche à Crassus un ruban bleu ciel. Rémus, Marcus, Claudius et moi portons le rouge, la dernière taille.

— Crassus, lorsque ton ruban craquera, tu en auras un bleu foncé, puis un violet et enfin un rouge comme le mien. Surtout ne le touche pas. Je te l'enlèverai à la fin du cours. Va rejoindre les quinze autres « Bleu ciel » et ne sois pas trop bavard. Regarde bien le professeur quand il parle.

Je ne me souviens pas avoir déjà vu craquer un ruban pendant un chant. On déchire plus facilement son bandeau quand on l'enfile maladroitement parce qu'on est pressé, anxieux ou impressionné. Parfois c'est parce que le moment est venu de changer. Il y a souvent des phénomènes de contagion : quatre ou cinq bandeaux se rompent le même lundi.

Lorsque nous chantons, nous sommes tous statiques. On ne voit bouger que les mâchoires et les ventres qui servent de soufflet.

Comme à chaque fois, le professeur est installé quand nous arrivons. Ses jambes sont dissimulées sous un plaid. J'ai l'impression qu'on l'a posé là derrière son piano pour toujours. La chorale est un moment magique. Je m'y sens puissant près de mes amis et je me surprends parfois à m'essuyer une larme au coin de l'œil.

— Qui initie le nouveau ? interroge le professeur.

— C'est moi.

— Comment s'appelle-t-il ?

— Crassus.

— Aime-t-il chanter ?

— Je ne sais pas.

— Demande-le-lui.

Je me rapproche de Crassus que les Bleu ciel ont rejeté à l'écart.

— Tu aimes chanter ?

— Je ne sais pas. Je crois que je n'ai jamais essayé.

Je me tourne vers le professeur.

— Il n'a jamais essayé.

Le professeur nous fixe avec un regard vide pendant plusieurs secondes.

— Qu'il essaie doucement pour ne pas perturber les autres et, quand tu sauras s'il aime chanter, viens me le dire.

— Bien, professeur.

Je retourne à ma place. Crassus me lance des regards désespérés. Il a l'impression que je l'abandonne. Je lui souris.

En fin d'après-midi, Crassus me demande de retourner au dortoir. Il vide son armoire pour compter ses affaires. Il frotte les maillots de corps contre ses joues et caresse les pulls.

— Ça va, tu es content?

— Oui, c'est bien ici.

— Alors, tu aimes chanter?

— Aujourd'hui, je n'ai pas osé essayer. J'ai écouté, c'était tellement beau. Je vais m'entraîner tout seul pendant la semaine. Dis, est-ce que tu sais ce qui est arrivé au prof? Pourquoi est-il handicapé? C'est de naissance?

— Non, c'était un accident. Je ne sais plus qui m'a raconté cela. Tu verras, tous les profs ont été touchés.

— Et tu sais ce qui s'est passé?

— Ils escaladaient la paroi sud du volcan et ils ont dévissé. Comme ils étaient encordés les uns aux autres, ils sont tous tombés.

— Ah bon... Quelle histoire! Est-ce que je peux mettre un pull sous ma veste ce soir?

— Si tu veux. Tu as froid?

— Non, j'aime mes pulls. Ils sentent si bon. Est-ce qu'on lave nous-mêmes nos affaires?

— Non, tu retrouves tes affaires propres chaque matin. Ce sont des fées ou des lutins qui font tout le travail la nuit quand on dort.

— Tu me parles comme à un petit.

— Tu es petit. Et puis je n'ai pas d'autre explication à te donner. En fait, personne ne sait.

Je jette un coup d'œil à ma montre et déclare :

— C'est bientôt l'heure du dîner. Je vais essayer de voir César pour ton manteau.

Nous quittons le dortoir en direction de la salle de jeux. J'espère y trouver Marcus à qui je pourrai confier Crassus. Quand nous pénétrons dans la salle, toutes les places sont prises. On entend rire, pester, même siffler. Je repère Marcus qui observe Claudius et Paulus en pleine partie de petits chevaux.

Toujours inséparables, ces deux-là, depuis que l'un a initié l'autre. C'est un phénomène très rare à la Maison : une amitié entre un petit et un grand. L'initiation crée généralement des tensions. Le grand, souvent puni à cause du petit, ne pense qu'à s'en débarrasser. Plus tard, on assiste même parfois à des vengeances.

— Marcus, je te confie le petit cinq minutes. Je dois voir César.

D'un geste de la main, Marcus invite Crassus à s'asseoir. J'hésite à m'éloigner et reste un instant à les regarder.

— Crassus, c'est bien ça ton prénom ? interroge Marcus.

— Oui.

Mon ami désigne du doigt le plateau du jeu.

— Tu connais les règles ?

— Non.

— Regarde comme c'est beau. Si ça t'intéresse,

un jour, je t'apprendrai. Tu peux y aller, Méto. On ne bouge pas.

À peine suis-je sorti de la pièce qu'une voix forte m'appelle :

— Méto ! Méto ! Où est ton protégé ?

— César, justement je vous cherchais. J'ai confié Crassus à Marcus.

— Il est sous ta responsabilité…

— Il fallait que je vous voie seul.

— Il y a un problème ? Il a vomi ? Il a cassé quelque chose ? Il a…

Je décide d'attendre qu'il me laisse parler. Je regarde mes chaussures. Il comprend très vite :

— Allez, parle !

— C'est au sujet de son manteau…

— Ah oui, on m'a raconté. Mens-lui.

— Je n'en ai pas envie.

— Mens-lui. Il n'est pas en état de connaître la vérité. Vas-y tout de suite.

Il me plante là. La discussion est close. Je retourne sur mes pas.

— Tu es déjà revenu ? demande Crassus.

— Oui, César semblait m'attendre à la sortie de la salle de jeux. Ton manteau… ton manteau ne sera pas brûlé. Ils te le rendront quand tu partiras, si… si tu le leur demandes.

Paulus, qui allait jeter un dé, interrompt son geste et me fixe dans les yeux :

— Tu l'as cru ?

— César le lui a dit, intervient Claudius avec vigueur.

— Si César le lui a dit… répète Paulus.

Au dîner, l'ambiance est très tendue. César 1 est debout et arbore un sourire qui promet. Crassus semble plus serein. Je le regarde. Je me sens coupable. Mais César a raison. Quand il aura grandi, il sera plus à même de comprendre et d'accepter la vérité. De plus, je ne serai plus là pour qu'il me le reproche, j'aurai «craqué» depuis longtemps.

Chaque enfant a regagné sa place et attend dans un silence parfait. César 1 commence :

— 1) Kaeso et Décimus se sont battus. Sanction : vingt-quatre heures de chambre froide. Application : immédiate. 2) Les «Rouges» sont intervenus trop tard. Sanction : une claque tournante. Application : à vingt heures ce soir dans le dortoir. Bon appétit.

Décimus et Kaeso se lèvent, et suivent César 5. Ils ont du mal à contenir leurs larmes. J'ai expérimenté cette punition, qu'entre nous nous appelons le frigo. Dans cette prison obscure, la température ne dépasse jamais zéro degré. Ils vont apprendre à se connaître. Ils auront besoin d'être solidaires pour survivre.

César lève sa fourchette. Le compte peut commencer. Aux tables des grands, des regards s'échangent : certains montrent de la colère, d'autres de l'indifférence ou de la résignation. Crassus me chuchote à l'oreille :

— Toi, tu n'étais pas là quand c'est arrivé. Tu ne risques rien.

— Je suis Rouge, donc je suis concerné.

Le petit me regarde, horrifié.

— Je ne comprends rien!

Il marque une pause puis demande :

— Ça fait mal, une claque tournante?

— Tu verras, ça dépend. Ne t'inquiète pas pour ça. Ce n'est pas ma première. Surtout, Crassus, ce soir, ne mange pas trop.

À vingt heures précises, César 3 entre dans le dortoir, un petit sac noir à la main. Tous les grands s'approchent et piochent, chacun à son tour, un jeton de bois sur lequel est inscrit un numéro. Moi, j'ai le 14. Ensuite, nous formons un cercle en respectant l'ordre indiqué par le tirage au sort. César se place alors au centre et demande si nous sommes prêts.

— Je commence. Attention… 1… 2… 3…

En entendant son numéro, le 1 assène une violente gifle au 2 qui pivote et frappe le 3, et ainsi jusqu'au numéro 16, qui frappe le numéro 1. César laisse trois secondes entre chaque coup.

— 13... Clac. 14… Clac. 15… Clac. 16… Clac.

C'est fini. César tend le petit sac et chacun s'avance pour rendre son jeton avant de gagner son lit. Octavius était en treizième position et ne m'a pas raté, malgré son majeur amputé. Moi, j'ai allumé Tibérius dont la joue molle a bien sonné. César est parti. Je retrouve Crassus au pied de son lit, les mains sur les oreilles. Je le rassure :

— Tu vois, je ne suis pas mort.

— Vous pourriez taper moins fort !

— Nous n'avons pas le choix. Si quelqu'un fait semblant, César peut nous imposer un deuxième tour qui, en général, est beaucoup plus violent, chacun voulant être sûr que c'est bien le dernier.

Tibérius passe devant moi en se frottant la joue.

— C'était trop fort, Tibérius ?

— Non, c'était parfait, Méto. Bonne nuit.

Je me retourne vers Crassus pour mes dernières instructions :

— Monte doucement dans ton lit et couche-toi bien au milieu. Sors les bras. Ce soir, pour te montrer, c'est moi qui vais te border.

Crassus s'exécute. Je tire sur ses draps. Il pousse un petit cri :

— Tu serres trop, ça fait mal.

— Tu dois apprendre à dormir comme ça. Ainsi, la nuit, si tu rêves, tu ne risques pas d'endommager ton lit.

— Je ne peux pas respirer, se plaint-il.

— Tu vas y arriver. Calme-toi. Fais un effort.

— J'ai mal au ventre.

— Tu as encore trop mangé.

— Non, c'est le drap qui m'appuie sur l'estomac. Tu sais, je n'ai pas touché au dessert. Ah, j'ai mal !

— Arrête de parler ! Concentre-toi sur ta respiration. Ton corps va s'habituer et tu vas t'endormir.

— Alors, ça y est ? On a bordé son bébé ? me lance Marcus.

— Tu verras quand ce sera toi qui joueras les nounous !

Ce soir, c'est au tour de Paulus d'aller éteindre la lumière centrale. Au retour, l'obscurité est totale. S'il ne veut courir aucun risque, celui qui est chargé de cette tâche doit, pendant la journée, s'entraîner à prendre des repères, à compter ses pas pour ne rien casser.

En terminant de coincer mes draps, je me tourne vers mon protégé :

— Bonne nuit, Crassus. Cette nuit, tu dors au chaud.

Il ne me répond pas. Il est déjà endormi.

Après quelques minutes de silence absolu, on commence à percevoir des chuchotements. Les conversations se font uniquement avec un voisin immédiat. Il est impossible de comprendre précisément ce que disent les autres, mais on peut s'amuser à deviner. Le corps coincé par les draps, il faut dresser le cou au maximum pour voir par-dessus le montant du lit. C'est donc au prix d'un gros effort qu'on parvient à maintenir nos têtes orientées vers notre interlocuteur. Il n'est pas question de desserrer l'étreinte de la couverture pour poser, ne serait-ce qu'un instant, les coudes, le sommeil nous surprend toujours si brutalement.

Étant près d'une cloison, je n'ai qu'un seul voisin immédiat : Marcus. C'est cette position qui nous a rapprochés, lorsque nous étions Bleu clair et que, le soir venu, des larmes soudaines nous submergeaient. Marcus chuchote :

— Encore un peu de salive pour ton pote ?

— J'ai attendu ce moment toute la journée. Tu as parlé à Rémus, aujourd'hui ?

— Oui, un peu, comme d'habitude.

— Il ne t'a rien dit pour ce matin ?

— Non, pourquoi ? Que s'est-il passé ?

— Il n'était pas dans la salle des lavabos au moment de la visite des soldats.

— Tu es sûr ?

— Il faut croire qu'ils l'ont laissé dormir. Et qu'ils ne l'ont pas puni.

— Tant mieux pour lui… Mais peut-être ne l'ont-ils tout simplement pas vu.

— Moi, en revanche, j'en ai vu un !

Marcus marque un temps d'arrêt. Il détend son cou pendant quelques secondes en se tournant vers le plafond. J'en profite pour en faire autant.

— Tu as osé… Alors, ils sont effrayants ?

— Oui, effrayants. La deuxième fois, on doit avoir moins peur.

— Tu recommenceras, alors ?

— Oui, je veux savoir, même si j'ai peur.

— Moi aussi, je veux savoir.

Les chuchotements s'arrêtent un à un, comme par contagion, dans un temps très court.

CHAPITRE 2

Je suis réveillé. J'attends le signal. Ma montre m'indique que je dispose d'une dizaine de minutes de répit, comme une longue respiration avant de me lancer dans la course quotidienne.

C'est le deuxième jour d'initiation pour Crassus, le plus périlleux. Il va commencer seul sa première journée type. Je n'ai pas pu tout lui dire, or je ne serai pas toujours derrière lui pendant les quatorze heures qui nous séparent du coucher. En tant que Rouge, je ne suis pas les mêmes cours que lui.

Lui va apprendre à lire et compter comme un petit qu'il est, et moi l'art d'engraisser et de saigner les cochons, de semer efficacement les céréales ou toutes autres choses que je ferai peut-être un jour. On n'apprend pas tout cela pour rien en attendant de grandir. On servira bien à quelque chose après. Pourquoi on ne nous dit rien ?

Un souvenir me revient à propos de tous ces mystères autour de notre avenir. Il y a plusieurs mois, après le sport du matin, une rumeur avait circulé. Il y avait quelque chose dans les toilettes. Une inscription à la craie derrière une porte. J'ai réussi à la lire juste avant qu'on ne l'efface :

Je veux savoir d'où je viens et ce qu'on devient après. S'il vous plaît.

Ce n'était pas signé. Mais on voyait tout autour comme une constellation de petites croix au tracé mal assuré. J'en ai compté une trentaine. La craie était posée par terre. J'ai ajouté ma croix et les deux copains qui m'accompagnaient ce jour-là, Marcus et Octavius, ont fait de même. Durant la journée qui a suivi, les enfants ont échangé des signes qui disaient : « J'ai vu. » « T'as vu ? » « J'ai signé. » « T'as signé ? »

Longtemps après cet événement, ces toilettes-là étaient toujours les plus utilisées. C'était comme si on venait aux nouvelles, pour connaître la suite d'une histoire ou alors pour signifier qu'on se sentait appartenir à un clan dont le local serait si exigu que ses membres ne pourraient le fréquenter qu'à tour de rôle. Pourtant, aucune autre inscription n'a vu le jour depuis.

Qu'est devenu Quintus depuis vingt-quatre heures ? Est-il apprenti paysan ou pêcheur dans l'île ? Est-il en partance vers un ailleurs inconnu ? Est-il mort ? Est-il soldat avec des chaussures qui puent la graisse ? Non, sûrement pas cette dernière solution.

Il n'a pas le physique pour ça : trop maigre et trop grand. Personne n'a le physique du soldat que j'ai aperçu hier. Je me demande où ils les trouvent, ceux-là. La nature n'engendre pas de tels monstres.

La sonnerie. C'est l'heure, plus le temps de rêvasser. À peine levé, je répète à Crassus le seul conseil qui vaille :

— Regarde les autres avant de faire ou de dire quelque chose. Dans la mesure du possible, ne parle pas et surtout ne pose pas de questions.

— Je resterai très concentré. Je te le promets, Méto.

— Les Rouges à la course ! Les Rouges à la course ! crie Claudius. Méto, dépêche-toi !

— Je vous rattrape.

Je cherche, parmi les Bleu clair, un garçon digne de confiance.

— Sextus, surveille Crassus discrètement. Fais ça pour moi. Juste aujourd'hui.

— OK, Méto, je ne le lâcherai pas.

La course matinale a lieu dans le couloir qui borde le de l'étage est coupée en quatre par deux passages perpendiculaires : un sud-nord et un est-ouest. Au centre de la croix ainsi formée se placent quatre César, chacun s'occupant d'un point cardinal. Les enfants courent par équipes de quatre, contre le chronomètre. On commence par les Rouges, et dans l'ordre des performances établi la veille. Je suis dans l'équipe qui part la première chaque matin, parce que c'est la plus rapide depuis longtemps. Au sein de chaque équipe et selon le même principe, les coureurs sont classés. Dans la mienne, Rémus est premier, Claudius second, Octavius troisième et moi quatrième. Chaque enfant s'installe au bout d'un des passages. Au top départ, les enfants s'élancent, deux vers la droite et les deux autres vers la gauche. À chaque fois qu'ils sont visibles au bout d'un passage, le César qui leur fait face hurle leur numéro. Les garçons ont cinq tours à faire s'ils sont Rouges, quatre s'ils sont Violets, trois s'ils sont Bleu foncé et deux s'ils sont Bleu clair.

Si la hiérarchie est respectée, on doit entendre les chiffres dans l'ordre. Dans le cas contraire, on redistribue les numéros pour le lendemain. César 1 chronomètre la performance du groupe qui peut être rétrogradé en cas de défaillance. Le classement des enfants par couleur est affiché chaque jour. Il n'est pas bon d'être classé seizième, sauf si l'on vient d'entrer dans une couleur. On essuie sans cesse les quolibets, on n'est plus appelé par son prénom mais par le sobriquet infamant de «Zzeu». Si un élève se complaît dans cette situation marginale, des pressions sont exercées par les César, souvent des privations de nourriture.

Moi, j'ai de la chance, j'ai toujours couru vite. Je suis dans le groupe 1 depuis plus d'un an. Si je ne grandis pas trop vite, je peux encore progresser.

C'est parti. Après ma journée de quasi-repos d'hier, je me sens en pleine forme.

— 1, 4, 2, 3.

Je suis bon.

— 1, 4, 2, 3.

Je croise Claudius, classé 2, qui me fusille du regard et me lance :

— Petit rêveur !

Pas le temps de répondre. Je m'accroche.

— 1, 2, 4, 3.

Au troisième tour, j'ai cru l'espace d'une seconde que Claudius avait dévié légèrement sa course comme s'il cherchait à m'accrocher. Il n'a aucun intérêt à le faire. C'est ça l'intelligence du système : on joue contre et avec les autres en même temps. Une chute nous coûterait trop à chacun.

— 1, 2, 3, 4 ! hurle César 1.

C'est fini. Nous rejoignons le centre de l'octogone en soufflant profondément.

— Groupe 1 : ordre respecté. Chrono amélioré.

— Combien, le chrono ? réclament en chœur Claudius et Octavius.

— 4.8.

— Merci, César.

— Hé, Rémus, on a fait 4.8 ! C'est super ! lance Octavius.

— Pas mal. J'ai déjà fait mieux. Avec d'autres.

— Quand ?

Il ne répond pas. Rémus, l'indétrônable premier,

s'en va tranquillement vers les lavabos. Nous restons pour écouter le score des autres équipes. Pas de changement dans le classement des groupes à l'issue de l'exercice, demain l'ordre au départ sera identique.

Nous partons pour le deuxième atelier consacré à la musculation. Au programme : concours de pompes. Les pieds sont posés sur un banc. Nous sommes installés en rang d'oignons selon le classement de la veille. Je suis en dixième position, Rémus, comme partout en sport, occupe la première place. Un César donne le départ et chacun exécute à son tour le mouvement, qui doit être parfaitement contrôlé. Le menton vient effleurer le sol et une pause de trois ou quatre secondes est obligatoirement respectée avant de remonter dans la position initiale. La cadence est tranquille au début. On ne fait l'effort qu'une fois toutes les deux minutes. Mais, à mesure des abandons ou des disqualifications pour gestes non conformes, le rythme s'accélère. Quand le «Zzeu» est désigné, beaucoup laissent tomber. Il y a, devant, quatre ou cinq spécialistes absolument inattaquables.

Le troisième atelier, celui des assouplissements, est un vrai moment de détente. L'enchaînement des mouvements est exécuté dans un ordre immuable. Un de nous se place face aux autres et donne le tempo. Les Rouges le font presque les yeux fermés.

La dernière activité du sport matinal est la corde. Véritable supplice pour les Bleu ciel qui abîment leurs mains avant d'avoir assimilé la technique. À partir du moment où l'on intègre le groupe des Violets, on travaille sans l'aide des jambes, à la seule force des bras. On nous impose la lenteur et le sourire. Chez les Rouges, certains se rajoutent des bracelets lestés aux chevilles.

C'est fini. Je n'ai pas progressé dans les classements et j'assume mes médiocres performances en pompes et en corde.

Au moment du petit déjeuner, je croise Crassus, le teint livide. Il s'écroule à sa place.

— C'est comme ça tous les matins? chuchote-t-il.

— Oui, tu vas t'habituer. On a dû te dire que tu devais au plus vite te dégager des places de « Zzeu ».

— Oui, on me l'a dit.

— Je te retrouverai à la lutte. Je pense que tu seras dans mon groupe. D'ici là, sois attentif.

Je croise le regard rassurant de Sextus qui hoche la tête doucement pour me signifier que tout va bien.

— Attention, ça commence…

Les enfants ont faim et dévorent toute leur assiette. Je vois Crassus hésiter :

— Je n'ai pas trop faim après le sport.

— Mange quand même un peu. La prochaine fois, c'est dans trois heures.

Ce matin, je suis les cours de pêche de monsieur V. : *Comment capturer et cuisiner le dauphin*. À mon arrivée, je ne comprenais rien à rien. La mer, les vagues, les marées, les poissons ne sont que des dessins et des mots dans les livres. Une fois ou deux, on a fait une sortie dans les couloirs pour aller regarder la mer du haut du phare.

Un jour, j'avais posé une question :

— Comment discerne-t-on les poissons dans la mer qui est colorée ? Quand je plonge ma cuillère dans la soupe de légumes, je ne la vois plus.

— L'eau de mer n'est pas comme la soupe, elle est transparente et incolore. Vous le constatez dans votre livre.

— Du haut du phare, j'ai vu qu'elle était verte.

— Il faut croire vos livres, avait affirmé monsieur V., ils ne mentent pas. Vos impressions, votre vision par exemple, peuvent vous tromper.

Un autre élève avait insisté :

— Moi aussi, j'ai vu comme Méto que la mer est colorée.

— Ça suffit ! On reparlera de cela plus tard.

— Pourquoi pas maintenant ? avais-je insisté.

— Parce que ce n'est pas prévu. Si vous voulez, je demanderai si j'ai le droit de revenir sur cette question une autre fois.

— Vous demanderez à qui ?

— Ça suffit ! Reprenons notre cours. Nous avons

perdu assez de temps aujourd'hui. Méto, je ne vous autorise plus à poser de questions de toute la semaine.

— Bien, maître.

Monsieur V. n'en avait bien entendu jamais reparlé. Moi, j'avais à partir de cet épisode arrêté d'interroger les professeurs parce que cela ne servait à rien, parce qu'ils se mettaient en colère ou avaient l'air gênés.

Aujourd'hui, je prends des notes sérieusement car il y aura bientôt des contrôles. Si on n'est pas performant, on est obligé d'aller à des cours de rattrapage pendant les activités de jeux. Pour ceux que le sport n'intéresse pas – ils sont rares –, des restrictions de nourriture sont à craindre.

En règle générale, les enfants comprennent vite que la bonne solution, c'est de travailler. Travailler signifiant essentiellement quatre choses :

1) Apprendre par cœur les cours, même si on ne les comprend pas parfaitement.

2) Savoir recopier vite et sans faire de fautes de longs textes compliqués.

3) Pouvoir identifier de manière automatique une grande quantité d'espèces végétales et animales.

4) Enfin, être capable de dessiner proprement, de manière réaliste.

Les cours de lutte ont toujours lieu avec l'ensemble des enfants, répartis en quatre groupes, placés chacun sous la responsabilité de quatre Rouges.

Ces derniers ne combattent pas. Ils organisent les échauffements, les exercices et arbitrent les duels.

J'ai la responsabilité d'un groupe avec Titus, un grand blond qui ne sourit jamais. On nous a attribué deux assistants qui nous regardent en souriant bêtement : Marcus et Rémus.

Les deux professeurs, monsieur A. et monsieur P., se déplacent avec difficulté. Ils portent des corsets et restent le plus souvent appuyés sur les barres qui entourent l'immense salle de sport.

Ils ne montrent aucun geste technique aux élèves. Ce sont les Rouges les plus expérimentés qui miment les prises et les phases de combat. Mais leurs remarques et leurs conseils sont toujours extrêmement précis. Tout semble prouver qu'ils étaient de grands champions avant l'accident.

J'occupe un poste à risque car je dois avant tout éviter les bagarres générales qui parfois éclatent subitement. Quand un lutteur se juge maltraité, quand il a été mordillé, pincé, ou qu'on lui a tordu les doigts, il a tendance à répliquer. Les amis au bord du tapis prennent vite parti et la salle peut s'embraser. J'ai assisté à un épisode de déchaînement peu de temps après mon arrivée et j'en garde encore aujourd'hui un souvenir horrifié. Les coups se sont abattus avec une extrême violence car tous savaient que le temps était compté et que l'intervention des deux professeurs mettrait fin aux affrontements. Messieurs A. et P. n'ont pas crié et se sont déplacés avec une certaine lenteur. Ils ne sont intervenus que lorsqu'ils ont été sûrs qu'on pouvait les entendre. S'ils prononçaient deux fois le nom d'un enfant, celui-ci savait qu'une punition tomberait le soir même. La grande majorité des enfants ne donnaient donc qu'un ou deux coups et se protégeaient ensuite en attendant l'arrivée des deux adultes. C'était à qui taperait le premier et le plus fort.

Depuis que j'ai cette charge, il ne s'est jamais rien passé au sein de mon équipe. Titus et moi connaissons bien les élèves. Nous arrivons à déceler, avant même que les combats ne commencent, quand un enfant va perturber la séance. Il y a des signes qui ne trompent pas, comme une main qui fuit quand on la serre, un visage fermé ou un sourire insistant. Ces jours-là, l'enfant ne combat pas. Un de nous discute avec lui pour comprendre ce qui cloche. Cette charge me permet d'être bien informé des tensions, des rancœurs, mais aussi des amitiés et parfois des secrets qui existent dans la Maison.

Je présente le nouveau aux autres :

— Voici Crassus. Il sera dans notre groupe. Soyez sympas avec lui. C'est sa première séance et il est un peu perdu. Décimus, s'il te plaît, tu lui rappelles les règles.

Celui-ci s'exécute aussitôt :

— Le but du jeu, explique-t-il, c'est de maintenir son adversaire le dos collé au sol pendant dix secondes. On ne doit pas frapper, pincer, mordre, déchirer le justaucorps de l'autre, tirer les cheveux, les oreilles ou…

— C'est bon, je pense qu'il a compris.

Après un échauffement d'un quart d'heure, je groupe les enfants par deux et on répète des prises. C'est Marius, un Bleu foncé très doux, qui initie Crassus.

Le nouveau a peur. Dès que son partenaire l'attrape, on a l'impression qu'il cède tout de suite, qu'il se met à genoux en signe de soumission. J'ai même le sentiment qu'il bloque sa respiration quand on l'immobilise, comme s'il voulait qu'on le croie mort.

Titus choisit de ne pas le faire participer aux combats aujourd'hui. Il doit comprendre l'esprit du jeu et se rassurer.

À table, Crassus mâche lentement, en silence. Il semble réfléchir. Il commence à percevoir ce que sera son quotidien pendant quatre ou cinq ans. Il sait que ce sera dur, mais que, comme les autres, il finira par s'y faire.

Il y a une minuscule récréation d'un quart d'heure après le repas. Les enfants se répartissent par petits groupes dans l'ensemble des couloirs. C'est le seul moment non organisé de notre emploi du temps. Les pensionnaires en profitent pour libérer le flot de paroles qu'ils accumulent depuis des heures. Dans certains groupes de petits, tout le monde parle en même temps sans se soucier du discours de l'autre.

Chez les plus vieux, en revanche, on peut avoir de vraies discussions. Bien entendu, pour prévenir tout conflit, des César sont harmonieusement répartis sur tout l'étage. La parole est surveillée, même si c'est souvent de loin.

Les cours théoriques reprennent ensuite à quinze heures. Puis les enfants vont en alternance aux jeux de table ou aux sports collectifs en fonction de leur couleur. On inverse les activités chaque jour.

Les jeux de table partent tous de la même base : les petits chevaux. Un plateau de quatre couleurs, un dé et deux pions colorés par joueur. Les nouveaux jouent selon la méthode traditionnelle, la plus facile. Le jet du dé est essentiel. On gagne si on a de la chance.

Les autres, en grandissant, utilisent des variantes où la stratégie a plus de place. La première consiste à envoyer un cheval dans un sens et un autre en sens contraire. Le but est de rejoindre au plus vite son camp comme dans le jeu classique, mais en multipliant les conflits. La deuxième, de loin la plus utilisée, n'a gardé pour ultime objectif que l'élimination totale des trois autres adversaires. On jette le dé deux fois. Les pions avancent dans le sens qu'on désire. On est libre de choisir un sens et un pion pour le premier jet, et de changer l'un ou l'autre pour le second. La figure qu'on recherche le plus est le « sandwich de la mort », quand deux pions d'une même couleur bloquent complètement un pion adverse qui attend, impuissant, son élimination. On peut jouer en équipe ou chacun pour soi. Il est aussi possible de nouer, selon les circonstances, des alliances officieuses du type «l'ennemi de mon ennemi est mon ami jusqu'à ce que notre ennemi commun disparaisse». Ces variantes sont tolérées si elles n'occasionnent pas de débordements violents.

Un classement officieux est établi chaque jour. En fin de semaine, les champions s'affrontent sous le contrôle de tous les autres. Je me suis passionné au début pour ces jeux, pour le prestige que cela apporte. Mais, en vieillissant, je me suis aperçu que les vainqueurs ne font jamais partie du cercle de mes proches. J'ai depuis quelques mois pour principe de ne jamais participer aux finales. D'abord, pour éviter de perdre mon sang-froid devant les autres, juste pour un jeu, mais aussi parce que j'apprécie d'être inactif pendant ce temps. Je fais semblant de regarder et je laisse mon esprit divaguer. Sortir du cadre, ne serait-ce que quelques minutes, une fois par semaine, me procure un grand plaisir. Je ne dois pas m'en vanter, les César n'apprécieraient pas.

Ce soir, nous, les grands, avons sport en salle. L'activité commence par un long travail d'habillage baptisé le «carapaçonnage». On enfile tout d'abord une combinaison élastique sur laquelle on a cousu des anneaux en métal. On fixe ensuite, sur ces anneaux, à l'aide de lanières, des pièces de cuir qui ont la forme

44

et la couleur des principaux muscles visibles de notre corps. Ainsi harnachés, nous ressemblons au dessin de l'écorché qui trône dans la salle d'anatomie. Un masque de fer et de peau couvre la moitié du visage. Deux gros globes en plastique transparent placés sur les yeux nous font ressembler à des mouches.

Les équipes sont composées de six joueurs. J'appartiens à celle de Claudius. Avant d'accrocher la lanière du casque, notre capitaine nous appelle. Nous formons un cercle en nous serrant par le cou. La pression nous fait baisser la tête. Tout le monde se tait. Moins la mise au point dure, moins c'est douloureux.

— On fera l'Appius 1.3. Même sizaine de départ que dimanche. Pas de questions?

— Non! hurle-t-on en chœur.

Le cercle se disloque. Les joueurs se mettent en place en faisant des rotations de la tête. Aujourd'hui, nous jouerons donc une partition déjà inscrite au catalogue. Cela fait bien trois semaines que personne n'a proposé une nouveauté. Peut-être qu'on est arrivés au bout des stratégies possibles. Il y en a une de moi classée dans le gros bouquin qui les recense. Elle est codée Méto 2.1. Je pense avoir trouvé le sens de cette numérotation obscure. Le 2 signifie que je suis le deuxième Méto de la Maison, en tout cas le deuxième à avoir proposé une stratégie, et le 1 signifie que c'est ma première combinaison acceptée. Jamais un César n'a confirmé mon hypothèse : on ne parle pas du passé.

— Le passé, comme dit César 2, c'est l'histoire des autres et on ne doit s'occuper que de sa propre histoire.

Le jeu de salle s'appelle l'«inche». Le but du jeu pour chaque équipe est d'aller porter une boule de poils et de tissu dans un trou carré de vingt centimètres de côté situé dans le mur du camp adverse, tout en empêchant l'équipe concurrente d'en faire autant.

Tous les coups sont permis : pousser, jeter, écraser l'adversaire. Il n'y a pas de hors-jeu. Les rôles au sein des équipes sont très spécialisés. Il y a des nettoyeurs chargés de «clarifier la zone de but», des transperceurs qui perforent les lignes adverses et des placeurs censés concrétiser l'avantage. Ce sont les «artistes» du sport car ce sont les plus adroits et les plus précis. La partie s'arrête dès que la boule a trouvé une niche.

Ah oui, j'oubliais le principal : tous les déplacements se font à quatre pattes et la boule est tenue entre les dents. Ce jeu est violent et provoque une très grosse dépense d'énergie. Ceux qui tiennent la boule doivent sans cesse agiter la tête pour éviter qu'un adversaire ne puisse mordre dedans.

Je suis placeur, moins pour mon adresse qu'à cause de mon manque de masse musculaire. Le match commence. Cette «Appius» est très spectaculaire. Claudius, notre transperceur, mord dans la boule et quatre équipiers le saisissent et l'envoient de toutes leurs forces percuter les lignes ennemies. Il écarte ses jambes et ses bras pour accrocher et aplatir le plus possible d'adversaires en retombant. Ensuite, chacun retrouve son rôle. Profitant de l'effet produit par Claudius, je me faufile derrière les lignes et je circule de droite à gauche et de gauche à droite en esquivant les coups. Je m'épuise à aller et venir. Je sens que je n'aurai qu'une chance dans le match car les contre-attaques sont souvent meurtrières. De plus, c'est Titus, mon partenaire à la lutte, qui joue placeur en face et c'est un véritable génie de la cible.

J'ai pris un coup dans le dos. C'est un défenseur qui m'a touché avec son pied en essayant de se sortir des griffes d'un nettoyeur. Claudius a toujours la boule à la bouche. Il arrose les autres de sueur et de bave en tournant la tête. Ça y est, il m'a vu. La passe est précise. Je reçois la boule mouillée en pleine figure. Je m'aplatis dessus. Je mords. Je me relève et tire d'instinct vers la niche, avant de sentir le poids d'un nettoyeur qui plonge sur mon dos et me plaque contre terre. Un coup de sifflet bref m'indique que c'est fini. J'ai marqué. On a gagné. Les élèves se mettent debout, aident les plus mal en point à en faire autant. Chacun vérifie que son corps est resté intact. Les visages sont souriants. Pas de dégâts aujourd'hui. On se congratule.

Après un court moment de repos, les perdants passent la serpillière pour effacer les traces de salive, de sueur ou de sang. C'est la bouche qui saigne le plus, lèvres éclatées, dents cassées, voire arrachées.

On range ensuite soigneusement les éléments de la carapace dans les paniers qui leur correspondent. On met les combinaisons trempées et la boule dans le trou du linge sale.

C'est sous les douches qu'on fait le vrai bilan des dégâts corporels : hématomes, morsures, griffures, entailles au niveau des globes protecteurs. Personne ne se plaint ni ne s'apitoie sur les autres. Ce jeu, on l'aime pour sa violence.

La première fois que j'ai vu d'autres enfants y jouer, cela m'a rappelé une image du livre sur les espèces sauvages : on y voit deux sangliers adultes qui se battent pour une charogne.

L'étude est un grand moment de solitude à plusieurs, chacun travaillant seul dans son coin, au milieu des seize autres. Tout se passe dans un silence que ne viennent troubler que le bruit d'un César faisant les cent pas, celui des pages d'un livre qu'on tourne ou le grattement des stylos plume sur le papier.

Certains, le visage en l'air, les yeux fixes ou fermés, révisent leurs leçons. D'autres noircissent pendant toute l'heure des pages et des pages. D'autres encore dessinent. Absorbés, concentrés, nous ne voyons pas passer cette heure-là.

Au moment du repas, j'essaie de faire le point avec Crassus :

— Alors, cette journée ?

Il me regarde sans me répondre. Il a l'air épuisé.

— C'était dur ?

— Je ne sais pas. Je… je…

Nous avalons une bouchée.

— Mâche bien. On a le temps. Ne parle que si tu en as envie.

— J'ai entendu parler de l'inche. C'est un jeu horrible.

— Tu finiras par apprécier.

— Je ne crois pas.

Quelques bouchées plus tard, comme s'il avait eu besoin de reprendre son élan :

— Les cours… c'est très long. Je n'arrive pas à me concentrer. Très vite, je ne comprends plus rien.

— C'est normal.

— Le pire, c'est l'étude… Ce silence qui me fait peur.

— Si tu travailles, tu oublies l'angoisse.

Il me regarde, énervé. Comme quelqu'un emprisonné dans une cage de verre, qu'on ne pourrait pas entendre.

— Je n'y comprends rien. Je ne sais rien faire. Tous les autres…

Il sanglote doucement et rate les dernières bouchées. Dans les couloirs, je lui pose la main sur l'épaule et je tente de le rassurer :

— Tu es nouveau, mais tu n'es pas bête. Chaque jour tu feras des progrès. Tous les nouveaux qui débarquent sont comme toi. Nuls, extra-nuls en tout. Et puis cela s'arrange.

— Il paraît qu'on peut nous priver de nourriture quand on ne travaille pas.

— Ça arrive à ceux qui y mettent de la mauvaise volonté, mais si tu fais des efforts, tu seras soutenu et personne ne te reprochera rien. Je pourrai demander le droit de t'aider, aussi.

— C'est vrai?

— Des grands qui soutiennent des petits pendant l'étude, c'est assez courant.

Marcus et Octavius me rejoignent près des lavabos.

— Alors, on continue l'élevage du petit poussin? lance Marcus.

— Rigolez, les gars… Bientôt, ce sera votre tour.

Ce soir, Crassus se borde tout seul. Il me demande tout de même de vérifier. Je lis dans ses yeux que quelque chose le tracasse. Il hésite puis se lance :

— Pour mon manteau…

— Oui?

— Y en a qui m'ont dit que…

Je l'interromps brutalement. Il m'énerve avec sa peau de rat.

— Parce que tu ne me fais pas confiance?

— Si, bien sûr…

— Alors, dors et n'en parle plus.

CHΘPITRE 3

aujourd'hui, nous sommes à la moitié de l'initiation de Crassus. Il s'habitue. Comme prévu, le brouillard se dissipe pendant les cours. Je vais bientôt pouvoir l'abandonner lors de l'étude. Ce cours de soutien m'empêche de participer aux activités de la fin d'après-midi car mon travail personnel doit être terminé et visé par les César avant que je puisse rejoindre mon protégé. J'étudie donc tout seul dans la salle, bercé par les cris énervés de mes camarades se livrant aux délices de la compétition à quelques pas de là.

J'aimerais tellement retourner jouer à l'inche. Ils vont finir par me remplacer tout à fait au poste de placeur. Pour l'instant, je sais que ceux qui se sont lancés ont échoué, l'un a eu le bras cassé, un autre a supplié ses partenaires de le remettre à l'arrière. Il était complètement perdu et se sentait grandement responsable des défaites. Presque chaque jour, un de mes coéquipiers m'aborde dans les couloirs pour me demander la date de ma reprise.

— Bientôt, très bientôt, les gars.

Crassus s'est mis à l'inche. Il a compris qu'on peut survivre, qu'un traumatisme crânien vous met sur la touche une semaine mais ne vous empêche pas d'avoir envie d'y retourner. Il sait qu'il doit s'endurcir pour résister ici. Apprendre à obéir, c'est bon pour éviter les problèmes avec les César, mais pas pour éviter ceux que les enfants se créent entre eux. Crassus a des dispositions pour passer au travers des ennuis, il est malin. Il a ça dans le sang. J'éprouve pour ce trait de caractère un mélange de dégoût et d'admiration. On gagne toujours au détriment des autres. Il sera parfait pour la Maison.

— Course-purée… Il va y avoir une course-purée. C'est quoi encore, ce truc? interroge mon protégé. Ça fait mal?

— Non, c'est un petit spectacle clandestin, juste pour se distraire.

— Tu m'expliques?

— Deux enfants de même couleur, assis l'un en face de l'autre, entourés de leurs intimes qui font écran, se défient pendant le repas. Au moment où César donnera l'autorisation de manger à tout le réfectoire, ils vont tenter de vider leur assiette en enfournant à chaque bouchée la plus grosse quantité de bouffe possible. La partie s'arrête quand l'assiette est parfaitement récurée.

— C'est rigolo!

— Et interdit aussi. Si les César repèrent des taches suspectes sur ton uniforme, tu es bon pour le frigo. Pour éviter ce genre de traces, certains se défient à l'eau, mais vu les quantités qu'ils peuvent boire, beaucoup se sont rendus malades pour de vrai. Au fait, tu sais qui sont les compétiteurs?

— Non, pas exactement, des Bleu foncé en tout cas. Toi, tu as déjà essayé?

— Moi, j'ai tout fait. Tu commences à me connaître… Lors d'une course-purée, j'ai bien failli m'étouffer. J'en ai rejeté par les narines. Un vrai supplice.

— Et alors?

— J'ai perdu.

— Je ne vois pas l'intérêt de ce jeu.

— Il faut bien passer le temps.

— Rémus pleure, me glisse Octavius à l'oreille, au moment où nous rejoignons la salle d'étude. Il est assis par terre dans le couloir, la tête dans les mains.

— Quelqu'un lui a parlé?

— Moi.

— Et que veut-il?

— Il veut te parler, et à toi seulement.

— J'y vais.

— Ce n'est pas le bon moment. Qu'est-ce que tu vas dire à César ?

— La vérité. Il finit toujours par la connaître, de toute façon. J'y vais.

Je trouve Rémus au bout du couloir est. Il a les yeux dans le vague.

— Qu'est-ce que tu as ?

— J'ai été suspendu d'inche, me répond Rémus.

— Ce n'est pas nouveau. Pour un an, je crois, c'est ça ?

— Oui, mais je devais reprendre bientôt. J'ai demandé à César la date précise de ma réintégration dans l'équipe. Et là, il m'a annoncé qu'ils avaient décidé de me suspendre un an de plus. Dans un an, je ne serai plus là.

— Tu le leur as dit ?

— Oui. Eh bien, ils m'ont assuré que si, que je serai encore là. Moi, je sais que je suis vieux, je suis un Rouge plus mûr que toi, et toi, dans trois ou quatre mois, tu es fini.

— Je vais voir ce que je peux faire. En attendant, lève-toi, tu ne peux pas rester là.

— Non, d'abord, promets-moi que tu vas m'aider. Je veux rejouer au moins une fois, au moins une fois.

— Je m'en occupe. Lève-toi, maintenant.

Il se relève tranquillement et part en direction des dortoirs. Il ne va jamais à l'étude et personne ne lui dit rien. En ce qui concerne sa prolongation, je ne lui ai pas promis de réussir, mais je vais essayer. Si les

César avaient eu plus de courage, ils lui auraient directement annoncé qu'il était interdit à vie. Rémus, dans le jeu, peut être d'une violence extrême, d'un acharnement qui fout vraiment la trouille. Je l'ai vu une fois cherchant à casser le bras de Claudius. Il écumait de rage et était totalement incontrôlable. Tous les joueurs s'y sont mis pour les séparer. Il a fallu l'assommer pour qu'il lâche prise. Il est interdit d'inche « pour cruauté ».

Son exclusion a entraîné, pendant plusieurs mois, un arrêt total des matchs. Mais des bagarres éclataient pendant des séances de lutte ou dans les couloirs, et le frigo tournait à plein régime. Et comme la violence contrôlée et organisée est plus facile à gérer, l'inche a été rétabli.

Je rentre dans l'étude. Je viens me planter devant César 3 qui me regarde comme s'il était surpris que je veuille lui parler. Pourtant, si je m'étais glissé discrètement à ma place, j'aurais passé un sale quart d'heure dans son bureau.

— Je viens vous expliquer mon retard : un camarade pleurait, prostré dans le couloir est. Il m'a fait dire qu'il désirait me parler. J'ai pens..., pardon, j'ai..., j'y suis allé sans trop réfléchir.

— Pourquoi ?

— Pourquoi quoi ?

— Pourquoi toi ?

— Je ne le sais pas. Il ne me l'a pas dit.

— Et toi, qu'en penses-tu ?

— Je n'en pense rien.

— Où est-il maintenant ?

— Il s'est relevé et il est parti vers…

— Je sais vers où, tu peux regagner ta place.

— César, j'ai promis d'intercéder en sa faveur…

Il ne relève même pas la tête. Il a mis un terme à la discussion et n'imagine pas que je puisse la prolonger de mon propre chef. J'insiste :

— César ?

— Tu es encore là ? Alors que tu as déjà pris beaucoup de retard dans ton travail ?

Il marque un long silence puis reprend :

— Plus tard, peut-être, on se parlera.

Je n'insiste pas. Une vague promesse de sa part, ce n'est déjà pas si mal.

Je repense à ce que m'a dit Rémus : « Dans trois ou quatre mois, tu es fini. » C'est quoi, finir ? Qu'est-ce qui m'arrivera ? Et Quintus, traîné par deux monstres dans un sac, il y a deux semaines… Qu'est-il devenu ? Est-il encore en vie ? Je me suis fait à l'idée qu'on nous recyclera dans un emploi, ailleurs. On ne peut pas nous avoir entraînés et éduqués chaque jour pour ne rien faire de nous au bout du compte.

Crassus s'est assis en face de moi pour manger. Il a sans doute des questions en réserve. Curieusement, il ne démarre pas tout de suite. Il m'observe sans rien dire pendant la moitié du repas. Qu'attend-il ?

— Rémus, finit-il par lâcher, c'est ton ami?

— Oui, on peut dire ça. Je ne parle pas avec lui tous les jours, ce n'est pas un bavard. Mais je le connais depuis mon arrivée et c'est un équipier fidèle et efficace à la course.

— C'est un méchant. On m'a raconté des horreurs sur lui.

— Sans doute beaucoup de légendes. Mais il est certain qu'il peut être violent.

— Dans quelles circonstances?

— Il n'y a pas de circonstances particulières. Ça arrive brutalement, par crises.

Crassus recommence à me regarder comme une bête curieuse. Pourquoi ce soudain intérêt pour Rémus? L'épisode du couloir a-t-il déjà fait le tour de la Maison?

Je suis maintenant distrait par un petit Bleu assis à côté de lui. Il vient de pousser son dessert vers son voisin de gauche. Quelle est sa dette? Je le lui demanderai quand nous quitterons le réfectoire. Crassus, qui a aussi remarqué le manège, m'interroge du regard. On va bientôt savoir.

En sortant, j'aborde le dénommé Kaeso qui m'explique avec légèreté la raison de son régime sans sucre :

— J'ai perdu tous mes desserts du mois en jouant aux petits chevaux. Je n'ai compris que vers la fin de la partie que, malgré les insultes qu'ils s'échangeaient, les autres étaient complices et me tendaient un piège.

— Un mois, c'est trop. Tu veux que j'intervienne ?

— Non, je te remercie. Je serai plus méfiant la prochaine fois. Et puis, je n'aime pas trop les desserts, je préfère le pain.

— Comme tu voudras. C'est qui, ces vautours ?

Il fait comme s'il ne m'avait pas entendu et va rejoindre ses copains. Les rations servies étant très abondantes, ceux qui arnaquent les plus jeunes ne le font jamais par nécessité, mais pour montrer qu'ils ont le pouvoir, qu'ils leur sont supérieurs et pas seulement par la taille. D'ailleurs, les portions taxées sont à peine touchées. Les petits ne se plaignent pas, ils se disent que, plus tard, ils se vengeront. Mais sur qui ? Pas sur ceux qui les ont volés, mais sur d'autres plus petits qui n'avaient rien demandé. Les Bleus envient les grands, même s'ils savent que leur temps est compté.

— Méto, tu voulais me parler ? me demande César 1.

— J'ai promis à Rémus d'intercéder pour lui. Il voudrait rejouer à l'inche une seule fois, une dernière fois.

— Tu sais très bien que c'est une bonne chose pour ses camarades qu'il ne mette plus jamais les pieds sur un terrain. Tu as toi-même déjà eu à subir sa violence.

Je suis étonné par ce qu'il vient de me dire. Je demande :

— Ah oui ? Quand ça ?

— Tu étais Violet, on t'avait mordu dans le bas du dos.

Je me souviens de la douleur. J'avais mis des semaines à cicatriser. Je souffrais terriblement, le soir, allongé sur le dos, avant de m'endormir.

— Mais, César, ce n'était pas lui! C'était Philippus, il était passé au frigo pour ça et avait disparu assez vite après.

— Ah? En effet, j'ai dû me tromper. Enfin, pour revenir à Rémus, tu sais qu'il est dangereux?

— Oui.

— Alors, dis-lui que tu as fait ce que tu pouvais, mais que ça n'a servi à rien.

— Je me disais qu'on pouvait essayer, juste une fois, en prenant des précautions et seulement avec des volontaires…

— Oublie ça, Méto. Bonne nuit.

Il a déjà détourné la tête. Je n'existe plus pour lui. César 1 m'a souvent énervé. Plus jeune, j'ai plusieurs fois rêvé qu'il participait un soir à une claque tournante et que j'étais juste à côté de lui. Mon coup violent l'envoyait voler à travers le dortoir. Pourtant, je ne suis pas sûr que ça aurait suffi à gommer ce regard impassible pour bien longtemps.

Je retrouve Marcus devant les lavabos. Il m'attendait.

— Alors, tu ne t'es pas attiré d'ennuis avec cette histoire?

— Rémus va être déçu. Je le lui dirai demain. J'ai encore un petit espoir que César change d'avis pendant la nuit.

— C'est à propos de l'inche ? C'est ça ?

— Oui, j'ai proposé d'organiser une partie avec des volontaires pour jouer avec lui une dernière fois.

— Tu n'en trouveras pas beaucoup pour prendre un tel risque. Regarde, dans la journée, tout le monde l'évite.

À part toi, Octavius et Claudius, bien sûr… Il fait peur.

Crassus nous rejoint.

— Méto, j'ai un truc à te demander.

Marcus m'interroge du regard.

— Reste, Marcus. Tu veux savoir quoi, petit ?

— Où sont les passages secrets ?

Mon vieux copain sourit et intervient :

— Ah, ça ! Moi aussi j'aimerais bien savoir, Méto.

— On raconte, dis-je, qu'il y en a partout. À tous les étages, dans chaque pièce ou couloir, mais durant toutes ces années personne n'a été capable de m'en montrer un seul.

— Tu penses qu'ils n'existent pas. C'est ça ?

— J'y crois de moins en moins. Un matin, j'ai fait le guet pour un grand qui, pour percer ce mystère, avait décidé d'inspecter un placard à balais. Il n'a rien trouvé, le pauvre. Mais, lui, les César l'ont trouvé et envoyé au frigo directement.

— Et toi, tu y es allé avec lui ? demande Crassus.

— Pas cette fois-là.

— Pourquoi ? Tu l'avais trahi ?

— Ta question est une insulte, Crassus ! Si je ne devais pas te garder sous ma protection, je pense que ta tête aurait embrassé l'émail du lavabo…

J'ai parlé avec calme mais le message est passé.

— Excuse-moi. J'ai parlé trop vite. Je sais que tu ne l'aurais jamais fait, Méto.

— Quoi ? Trahir ou te punir ?

— Trahir.

— Non, je ne l'aurais jamais fait. Ce jour-là, je n'ai pas eu le temps de le prévenir, juste celui de sauver ma peau. Et je n'étais pas fier. Au fait, qui t'a parlé de ces passages ?

— Je ne sais pas.

— Comment ça ? Si tu ne connais pas son prénom, tu peux au moins me le montrer.

— Je ne sais pas qui c'est, parce que je ne l'ai jamais vu. J'ai rêvé de ces passages. Pendant mon sommeil, on me parlait de leur existence. J'aurai peut-être plus de détails la prochaine fois. Si c'est le cas, je te raconterai.

— Quelqu'un te parle pendant ton sommeil ? Et de quoi d'autre t'a-t-il parlé ?

— De rien d'autre.

— Tu es sûr ? Je sens que tu me caches quelque chose. Tu dois tout me dire, je te rappelle que je suis responsable de toi pendant deux semaines encore.

— Tu vas t'énerver.

— Pourquoi?

— Tu m'avais dit de ne plus aborder ce sujet.

— Il te parle de ton manteau? C'est ça?

— Oui.

— Tu as raison. Je ne veux plus en discuter.

Crassus s'éloigne, tête baissée, comme s'il voulait me montrer qu'il m'obéit ou peut-être me cacher un regard de défi ou de colère. Marcus est dubitatif. Il lève les sourcils :

— Je me demande ce qu'il a dans la tête, ton élève.

— Moi, je crois qu'il a tout inventé. Il n'a jamais entendu de voix la nuit. Il a imaginé cette histoire juste pour avoir l'occasion de me reparler de son foutu manteau.

— Et les passages secrets? Pourquoi s'intéresserait-il à eux?

— Je ne sais pas. C'est peut-être le prétexte qu'il a trouvé pour m'interroger au départ et, ensuite, il voulait glisser vers le sujet qui l'obsède.

— Et si c'était vrai, cette histoire de voix?

— Tu vois que c'est un bon acteur, le petit Crassus. Toi-même, tu es prêt à le croire.

— Dans tous les cas, tu devrais te méfier de lui au moins pendant les deux semaines de tutorat qui te restent.

Ce matin, Rémus nous rejoint *in extremis* pour la course. Nous avons tous cru à une disqualification pour cause de retard. On a dû aller le secouer pour qu'il daigne ouvrir les yeux.

— Aujourd'hui, j'avais décidé de ne pas me lever, déclare-t-il calmement.

Je demande :

— Pourquoi ?

— Je suis fatigué.

— Tu as mal quelque part ? Tu es malade ?

— Non. J'en ai marre de tout ce cirque.

— Allez, viens. Habille-toi ou ils vont tous nous rétrograder.

— Bon, d'accord. Je le fais uniquement pour vous.

La course se déroule presque comme d'habitude. Quand je croise le regard de Rémus, je sens qu'il attend de moi des réponses. Que vais-je lui dire ? Je n'arrive pas à me convaincre que César ait définitivement fermé la porte. Je lui répéterai mot pour mot les paroles échangées avec lui et il décidera de ce qu'il veut comprendre.

Je l'aborde dans le couloir qui nous conduit à la salle des pompes. Après mon récit, il me sourit. Ce qui me rend perplexe. Avec lui, c'est souvent le cas.

— Vous êtes mes amis, déclare-t-il, je ne recommencerai plus. Merci.

Cours de mathématiques. Nous sommes en phase d'« imprégnation ». Le professeur nous fait répéter en chœur une équation, en espérant qu'elle pénètre ainsi plus facilement dans notre mémoire. Plus jeune, j'adorais ces moments où il n'y avait rien à comprendre. Juste répéter, parfois en gueulant ou en déformant pour faire sourire les autres.

La sonnerie retentit. C'est une alerte. Comme par réflexe, tous les enfants plaquent leur front sur la table et regardent leurs chaussures. Les plus prudents ferment aussi les yeux. Le prof a ouvert la porte et attend, immobile, les informations. On entend des cavalcades de souliers ferrés.

Je tourne la tête le plus lentement possible vers la porte et j'entrouvre les yeux. Un «monstre»-soldat, presque identique à celui aperçu deux semaines plus tôt, parle à voix basse à notre enseignant. La discussion dure un bon moment, mais est rigoureusement inaudible. La sonnerie de nouveau. La porte se ferme. On attend encore quelques minutes l'ordre de se relever. Au moment du déjeuner, je trouverai sans doute quelqu'un pour m'éclairer sur l'origine de cette agitation.

Dans les couloirs, les nouvelles circulent plus vite que les élèves. Les «Foncés» ont tout vu. Ils vont avoir plein d'amis durant le repas. Je m'assois devant Marius qui me regarde, amusé. Crassus est à côté de moi.

— Tu viens aux renseignements?
— Comment tu as deviné?

César 1 s'est levé. La rumeur se tait brutalement. Crassus murmure :

— Il va nous expliquer ?

Je lui fais signe que non. Je sais déjà ce qu'il va dire.

— Déjeuner muet ! hurle le grand chef.

On entend alors comme un souffle de dépit. Puis le bruit des chaises des César au grand complet qui se lèvent et partent arpenter les allées à l'affût de la moindre parole. Ils sont armés d'une petite baguette fine au bout arrondi qui ne sert pas à taper mais à indiquer les punis « à refroidir » sur-le-champ. Tous les enfants connaissent la règle et Crassus, à qui je n'en ai jamais parlé, l'a immédiatement intégrée. Je me suis souvent demandé ce qui se passerait si tous les élèves décidaient ensemble de ne pas obéir. Je pense qu'on entendrait la sonnerie.

Je n'ai pas choisi par hasard Marius comme voisin. Nous savons communiquer en silence. Je le vois pousser la nourriture vers le haut pour libérer un espace d'environ un tiers de la surface de son assiette. Je dois le regarder le plus discrètement possible et lui faire signe quand j'ai compris et qu'il peut passer à la suite de son message.

Il étale d'abord une feuille de salade mais n'en conserve que la partie la plus verte. Je pense « du vert ou du verre ». Il entreprend à présent de faire comme s'il voulait la casser. Ensuite il en détache des petits morceaux. J'interprète : « des morceaux ou des éclats de verre». Il mange tranquillement. Sans doute doit-il réfléchir à la suite.

Il dessine alors un sillon dans la nourriture. C'est une forme géométrique : un octogone. Le plan des couloirs du deuxième étage où nous courons le matin. Il va m'indiquer le lieu. Le couloir est. «Une vitre a explosé dans le couloir est ce matin.» C'est logique, la salle d'étude des Bleu foncé est toute proche.

Il dispose trois pommes de terre et, avec la pointe de son couteau, il entaille légèrement leur surface. Il me regarde. Je fixe longuement son assiette. J'hésite. Je décide de lui faire signe de continuer, les morceaux du puzzle s'agenceront peut-être dans quelques minutes.

«Trois projectiles», pas des pommes de terre. Les vitres sont très épaisses. «Trois pierres», sans doute…

Il découpe maintenant un morceau de jambon. Plus précisément, il sépare le blanc du rose. Il mange ce dernier et expose le gras. Il avale la seconde patate et entreprend de former un angle aigu ou un oiseau en vol avec des petits pois. Il me regarde, puis mange sa dernière patate avant de tout mélanger. Fin du message.

Je vais comprendre, j'en suis sûr. Je mastique et réfléchis.

«Gravé», c'est ça, gras-V : des pierres gravées.

Je décolle mon pouce de la cuillère. Il fait de même, nous nous sommes compris. À une époque où les rapports étaient plus tendus, les repas muets étaient très fréquents et beaucoup d'enfants ont développé des systèmes pour communiquer.

Comme prévu par tous les anciens, les Bleu foncé seront invisibles jusqu'au prochain repas. Un César les attend à la sortie de la salle à manger pour une longue séance de discussion qui comportera deux parties principales et un conseil très clair. D'abord : « Racontez-nous ce que vous avez cru comprendre des événements de ce matin », et ensuite : « Écoutez ce qui s'est réellement passé et apprenez-le par cœur », puis le conseil : « Taisez-vous à jamais sur le sujet ! » Chaque enfant, à tour de rôle, viendra devant les autres réexpliquer la nouvelle version, souvent il rajoutera des petits détails personnels. J'ai déjà vécu cette expérience quand j'étais Bleu clair. À la fin de la journée, j'étais sûr et certain de m'être trompé au départ.

Au moment où je vais rejoindre Crassus en salle d'étude, César 2 me fait signe de le suivre dans son bureau.

— Tu reprends l'inche demain, commence-t-il. Nous avons décidé de permettre à Rémus de rejouer une unique fois. Tu formeras les équipes. Le match aura lieu dans soixante-quinze jours. D'ici là, tu as le temps de convaincre des joueurs.

— J'espère que j'y arriverai.

— Nous comptons sur toi. C'est ton idée.

— Je peux en parler à Rémus?

— Tu peux.

Le repas du soir commence par une annonce de César 1 :

— Je voudrais que nous revenions sur les événements de ce matin.

— Tu vois qu'il va nous expliquer... me lance Crassus.

— Chut!

— Nous allons écouter le récit de Paulus, reprend César doucement.

— Le bruit, commence le Bleu foncé, que certains ont entendu pendant leur cours a été provoqué par trois goélands qui ont percuté une vitre du couloir est. Ils ont été rabattus par un coup de vent très violent. Deux des oiseaux sont morts sous le choc, le dernier, plus petit, est gravement blessé au bec et ne peut plus s'alimenter. C'est tout.

— C'est triste, déclare Crassus.

Je ne peux m'empêcher de sourire.

— Tu ne crois pas que c'est vrai? s'insurge Crassus.

— Si... si. Je trouve un peu bizarre qu'on déclenche une alerte pour trois malheureux oiseaux qui s'éclatent contre des vitres... Mais il y a sans doute une explication.

César est resté debout, il n'a pas fini :

— Ce soir, projection de *La Maison du bonheur*.

Un murmure de contentement parcourt les tablées.

Le signal de manger est enfin donné.

— *La Maison du bonheur* ? C'est quoi, ce film ? Tu l'as déjà vu ?

— Une quinzaine de fois. Je crois qu'il n'en existe pas d'autres.

— Et ça parle de quoi ?

— De notre histoire à tous. De notre vie d'avant, de celle d'ici aussi.

— Et ils vont projeter ça où ?

— Ici, tu verras.

— Et c'est bien ?

— Tu verras.

Crassus semble agacé par mon manque de précision.

Il répète :

— Tu verras, tu verras...

À la fin du repas, les enfants écartent les chaises et se placent autour de leur table. Aux ordres donnés par les Rouges, ils la soulèvent et la déplacent, encore couverte des restes de nourriture, vers le fond de la salle. Ensuite, chacun récupère sa chaise et va la déposer sur les marques que Crassus découvre à cette occasion. Les couleurs sont indiquées. Les petits devant et les grands derrière. Tout le monde est assis en silence. Le noir se fait. On entend le bruit du projecteur qui démarre. Il n'y a pas de générique. C'est en noir et blanc.

On est d'abord dans une cave inondée par un liquide qui a la couleur de l'encre. Des papiers et des cartons flottent çà et là. On distingue des sacs en jute entassés un peu partout. La caméra se rapproche. Certains sacs semblent bouger tout seuls. On aperçoit bientôt, cachés derrière, des enfants au visage noirci par la crasse. Leurs lèvres tremblent de froid ou de peur. Puis on entend des cris et des sanglots. Des hommes sont entrés. Ils ont de grandes bottes qui brillent. Ils frappent un peu au hasard sur les sacs. Les hurlements s'amplifient sans que l'on comprenne s'ils proviennent des agresseurs ou des agressés. D'autres scènes plus ou moins violentes suivent, dans divers lieux sordides. Soudain, c'est la lumière. Des soldats s'interposent et soulèvent les enfants tristes et affamés dans leurs bras au-dessus des immondices. Ils les enveloppent dans des couvertures et les emportent en souriant vers l'extérieur. Ces soldats ne ressemblent pas à ceux que j'ai vus ici. Ils sont comme nous, juste plus grands et plus forts. On les retrouve tous ensuite dans un bateau qui fonce dans la nuit au milieu de grosses vagues. Le film devient encore plus lumineux quand on entre dans la Maison, la *Maison du bonheur*. Et là, on reconnaît immédiatement les lieux que nous fréquentons quotidiennement. On voit beaucoup rire les enfants. On les voit également faire du sport, manger à pleines dents, se laver, et tout cela avec un sourire qui ne s'efface jamais.

La projection se déroule dans un recueillement étrange. Les petits se voilent les yeux quand ils ont peur ou plaquent leur main sur la bouche pour assourdir leurs réactions. Les moyens récitent toutes les paroles au fur et à mesure que les scènes du film défilent. Les Rouges s'efforcent de garder un visage impassible devant ce spectacle. Moi, je ne suis plus impressionné aujourd'hui par ces images, mais je suis toujours touché en les voyant, presque malgré moi. Ce film a été très important pour chacun d'entre nous, surtout au début. Et même après une quinzième projection, je ne connais personne qui ose rigoler ou se moquer.

Je retrouve Crassus dans les couloirs. Il est totalement bouleversé et ne parvient pas à contenir ses larmes. Il finit par articuler :

— Ils le repasseront quand ?

— Je ne peux pas te le dire précisément car ce n'est pas régulier. Mais tu le reverras bientôt, ça c'est sûr.

— C'est que je pleurais tellement que je n'ai pas vu grand-chose. Dis-moi, Méto…

— Quoi ?

— Pourquoi l'ont-ils passé ce soir ?

— Je crois que ça a un rapport avec ce qui s'est produit ce matin.

— Je ne comprends pas.

— Je ne saurais pas te l'expliquer, mais ici ils ne font jamais les choses par hasard.

CHAPITRE
4

Nous sommes convoqués avec Crassus à neuf heures trente dans le bureau des César. Pour la première fois, le nouveau pourra lever la tête et sentira le regard direct d'un adulte, il pourra même s'adresser à lui.

J'attends ce moment avec impatience. C'est dur de rester vigilant pour un autre. Je suis pressé de retrouver ma liberté même si c'est pour aller au frigo. La sanction a été différée pour que je puisse terminer mon travail d'initiation mais je ne vais pas y couper.

Depuis une semaine, Crassus me regarde drôlement : il se sent coupable. Je lui ai dit de ne rien tenter auprès de César. Aucune démarche ne pourra changer les choses.

— Tu sais, le frigo, c'est comme la claque tournante, vu de l'extérieur, c'est très impressionnant et très violent, surtout la première fois. Quand on y est, on s'accroche à l'idée que c'est une épreuve dont on ressort toujours, dis-je.

— Mais dans quel état? objecte Crassus.

— On en ressort plus fort et endurci.

— Pourtant César sait bien que c'est uniquement de ma faute. Je ne comprends rien à vos règles! s'emporte-t-il.

— N'aggrave pas mes affaires. J'étais responsable de toi et je paye donc pour toi. Si tu te plains avant neuf heures trente, César est capable, en suivant le même principe, de me rajouter un jour de frigo sous prétexte que je ne t'aurai pas dissuadé d'aller le voir. Allez, laisse tomber. N'y pense plus.

— Que j'ai été bête! Vouloir à tout prix récupérer ce foutu manteau! Et sans t'en parler, en plus…

— Il faudra quand même, quand je serai de retour, qu'on revienne sur certains détails de ton expédition au vestiaire. Je ne comprends toujours pas comment toi, un petit nouveau, tu as réussi à échafauder un tel plan : comment tu as déterminé le moment idéal pour échapper à ma surveillance et surtout comment tu as trouvé tout seul ce « passage secret » au fond du placard des toilettes, qui mène droit au vestiaire.

— J'ai rêvé tout cela dans les moindres détails, répond Crassus.

— Je ne crois pas à tes histoires de rêves.

— Quelle est ton explication, alors?

— Je n'en ai pas encore, mais je finirai par comprendre.

Le bureau est petit. Il sent l'encaustique et les vieux papiers. César 3 est assis, plongé dans ses documents. Il relève la tête et regarde Crassus en détail, comme pour imprimer ses traits dans un coin de son cerveau. Il s'adresse au petit :

— Alors, c'est toi, le nouveau ! Bienvenue parmi nous. Je suis César, mais je pense que tu le sais déjà. Tu peux y aller, maintenant, je te souhaite une bonne journée. Méto, reste, je dois te parler.

Crassus est planté devant le bureau, hésitant. Il doit quitter la pièce seul. Il met quelques secondes à se décider.

— Bonne journée, finit-il par dire. Méto, on se retrouve au repas…

Je lui souris en signe d'assentiment et il sort.

— Assieds-toi. L'initiation s'est déroulée de façon excellente, commence César… jusqu'à cette curieuse affaire d'expédition au vestiaire. À ce sujet, il reste des points à éclaircir. Je t'écoute.

Un silence vite gênant s'installe, mais je ne vois rien à dire. Je finis par lâcher :

— Je crois que je vous ai tout dit la dernière fois. Depuis, j'ai souvent réfléchi à cette histoire, mais je n'y comprends toujours rien. Je pense que quelqu'un l'a manipulé. Lui ne se souvient pas précisément.

Il évoque des rêves. J'en ai déduit qu'on lui avait sans doute parlé pendant son sommeil…

— Qui ?

— Je ne sais pas.

— Si tu me donnes un nom avant ce soir, tu n'iras pas dans la chambre froide.

— Je pense qu'on cherche peut-être à me séparer de Crassus.

J'ai dit cela sans réfléchir mais, à la lueur qui apparaît dans l'œil de César, je comprends que j'aurais peut-être dû me taire.

— Réfléchis encore. Sinon, ta punition commencera ce soir à vingt-deux heures, après la séance de rire mensuelle. Profite bien de ta journée. Pendant les quatre jours qui vont suivre, tu n'auras pas beaucoup d'occasions de t'amuser. Au revoir.

Il n'y a pas eu de miracle et l'heure du châtiment est arrivée. Quatre-vingt-seize heures interminables avec, je l'espère, quelques visites de Romu, le « démon du frigo ». C'est un élève qu'on ne peut rencontrer que là. Il semble y habiter. Je l'ai vu à chacun de mes passages. La première fois, j'étais terrorisé et il n'avait rien fait pour me rassurer. Je n'avais pas dormi une seule seconde. Il tapait le sol près de moi avec une barre de fer. Son visage était déformé par d'horribles grimaces. Et il me hurlait dans les oreilles : « Tu n'es pas Rémus ? Pas Rémus ! Pas Rémus ! » J'avais crié, couru jusqu'à l'épuisement. On aurait dit qu'il jouait comme un chat sadique avec une taupe sans défense.

Aujourd'hui, je sais qu'il avait fait tout cela pour m'éviter l'endormissement et les engelures.

La deuxième fois, il était resté muet, le plus souvent prostré dans un coin de la chambre froide. Enfin, la dernière fois, il m'avait observé en souriant, mais n'avait lâché que ces quelques mots, juste avant mon départ :

— La prochaine fois, je te parlerai.

Ce soir-là, en sortant, je m'étais promis de rentrer dans le rang et de ne plus jamais revenir. J'avais boité jusqu'à l'hôpital, où on avait failli m'amputer des deux plus petits orteils du pied droit.

Quatrième séjour signifie quatre jours. Un record pour les élèves de l'actuel dortoir. J'espère de tout mon cœur que Romu sera là et qu'il tiendra sa promesse.

Au détour d'un couloir, je retrouve Crassus.

— Alors, dit-il, il a supprimé la punition ?

— Pour quoi faire ? Il ne retire jamais de punition. Mais arrête de parler de ça. Ne me gâche pas mes dernières heures. En plus, ce soir, il y a une surprise : soirée rire !

— Je n'aime pas les surprises. Ici, elles sont souvent redoutables.

— Tu verras, celle-là ne fait pas mal.

Après le repas, tous les élèves sont rassemblés en cercles, par couleur. Armé d'un micro, César 2 est aux commandes et donne les consignes avant chaque séquence.

À des exercices de respiration un peu longs succèdent des sortes de vocalises : « Aaaaah aaaaah ! Oooooooh oooooooooh ! » Certains grimacent, d'autres sourient. Petit à petit, sans qu'on comprenne pourquoi, des élèves partent dans des rires bruyants et communicatifs. Bientôt, c'est toute la salle qui est secouée. Au bout d'une dizaine de minutes, un coup de sifflet brutal nous ramène à la raison et chacun regagne le dortoir.

César vient discrètement me chercher et m'accompagne dans la cuisine. Il ouvre une lourde porte et me pousse fermement à l'intérieur. Je me laisse faire, je n'ai pas le choix.

La « boîte » est très faiblement éclairée. Au début, le froid ne paraît pas agressif. Mais le corps épuise vite son énergie en s'efforçant de se maintenir à 37,5 °C. L'endroit, pas très grand, est encombré de gros piliers. Il y a une deuxième issue qui donne sur une partie de la Maison inconnue des enfants. C'est par cette porte métallique que le « démon du frigo » apparaît et disparaît à chaque fois. Romu est peut-être caché dans un recoin sombre. Je vais l'attendre. Je ferme les yeux et je me concentre sur le moindre bruit. Après quelques instants, je perçois une autre respiration. Je la sens qui s'amplifie. Je soulève alors doucement les paupières : il est là, un léger sourire aux lèvres, à moins d'un mètre. Il n'a pas changé :

même taille, même corps athlétique et même crâne rasé.

— Enfin, tu es revenu! La dernière fois, c'était il y a un an et demi, lance-t-il.

— Je ne sais plus très bien.

— Dix-neuf mois et deux jours.

— Je n'ai jamais compté. Je m'étais même persuadé que je n'y reviendrais jamais.

— Et?

— Celui que j'initiais a fait une connerie.

— Classique, presque banal. Quatre jours et quatre nuits, ça va être dur.

— Je sais, mais tu es là.

De la tête, il me fait signe de le suivre près du moteur du frigo.

— On va parler tous les deux, dit-il sans élever la voix malgré le bruit.

Je me concentre sur le mouvement de ses lèvres pour le comprendre.

— Ici, on est en sécurité. Pour une fois que c'est un ami que je retrouve. Tu es bien le seul qu'ils n'ont pas réussi à dresser. Ça va me changer des petits qui passent leur temps à pleurer et hurlent dès que je les approche. Comme si j'allais les étrangler... À force, c'est vrai que j'en ai souvent envie.

— Tu quittes parfois le frigo, quand même?

— Pendant cinq ou six heures chaque nuit. Je dors dans une pièce minuscule mais chauffée. Une tasse de thé est posée sur la table de nuit. Je ne vois personne. Je me lave aussi, quelquefois, même si par cette température je ne sens pas trop mes odeurs.

— Pourquoi on te garde à l'isolement, loin des autres enfants ?

— C'est que je ne suis plus du tout un enfant.

— Tu n'es pas plus grand que moi, pourtant.

— Tu n'as pas encore tout compris, toi… Je dois te quitter, maintenant. Si nous ne ressortons pas de derrière ce pilier, ils vont s'affoler. À demain.

Il s'éloigne et j'entends bientôt claquer la porte de son couloir. Je me dirige très vite vers elle pour profiter de la chaleur qui a pu pénétrer quand on lui a ouvert. Je ne sens rien. Je reste planté là quelques secondes.

Maintenant que j'ai l'expérience du frigo, je sais ce qu'il faut faire pour en sortir indemne : s'occuper l'esprit avec n'importe quoi, comme réciter tous les règlements appris depuis mon arrivée à la Maison, ou bien encore compter le plus loin possible. Il faut également penser à son corps en se massant violemment les pieds, les mains et les oreilles. Marcher. Il faut marcher sans cesse, mais pas trop vite pour ne pas s'épuiser. Je ne sais pas si on peut tenir quatre jours. Je ne sais pas si quelqu'un l'a fait avant moi.

Je me rappelle les fautes qui m'ont conduit au frigo, par le passé.

La première fois, c'était un malentendu. Deux élèves se battaient : le grand Appius, aujourd'hui disparu, et Rémus. Puis il y avait eu une bousculade, j'étais tombé par terre. On m'avait ramassé et conduit dans le bureau de César avec Appius, mais sans Rémus. Ils s'étaient trompés. Je n'avais rien dit, Appius non plus. Nous savions déjà qu'il ne servait à rien de discuter. J'avais vu César tripoter une grande boîte métallique pendant quelques secondes. Puis il l'avait reposée et avait fermé les yeux pour réfléchir. Après, il s'était levé et nous avait tourné le dos. Enfin il s'était rassis et avait ouvert la boîte à clefs. Une pour chacun. Appius, qui avait été blessé à une arcade, avait eu le droit de cicatriser à l'infirmerie avant le frigo. Moi j'y avais été conduit directement et tout seul.

La deuxième fois, c'était entièrement de ma faute. Je l'avais presque fait exprès. À l'époque, j'étais sans cervelle et j'avais décidé de sortir légèrement des rails, rigoureusement tous les jours, juste pour voir si on pouvait passer au travers des sanctions. C'était le plus souvent de manière infime : je ne chantais pas tous les couplets des chants à la chorale, je mettais ma fourchette dans ma bouche au bout de quarante-huit secondes ou je ne boutonnais pas tout mon pyjama. Chaque nuit, au moment de m'endormir, j'étais fier. Fier d'avoir résisté, même si personne ne s'en apercevait ou ne voulait le remarquer. Mais un soir, après le repas, César 2 était venu me chercher. Il m'avait bandé les yeux avant de m'entraîner dans les couloirs jusqu'à une lourde porte métallique qu'il avait ouverte avec peine. Puis, assis sur un tabouret, j'avais attendu dans le noir l'arrivée d'une personne à la démarche hésitante et à la respiration difficile. Un vieillard, sans doute. Celui-ci m'avait plaqué sa montre sur l'oreille pendant quelques secondes. Ses mains noueuses et sèches sentaient le vinaigre. Il m'avait ensuite observé pendant un bon quart d'heure sans desserrer les dents puis avait griffonné un mot sur un papier qu'il avait tendu à César. Il avait dû écrire : *Pas de problème d'oreilles. Bon pour le frigo*, car quelques minutes plus tard j'y étais enfermé pour deux jours.

J'avais occupé mon séjour à échafauder un plan pour m'enfuir. Peu de temps auparavant, j'avais repéré la seule fenêtre parfois ouverte dans la Maison : un étroit vasistas dans la cuisine. Je m'étais dit qu'il fallait que j'agisse assez vite car plus je grandirais, moins j'aurais de chances de pouvoir passer par cette ouverture.

J'avais par moments parlé à haute voix et Romu semblait m'écouter. Mais, pour toute remarque, il m'avait fait quelques grimaces qui exprimaient la peur et la colère. Aujourd'hui, je comprends que, en se livrant à ces facéties, il avait peut-être voulu me montrer ce qui allait m'arriver plus tard, si je mettais mes plans à exécution. Je n'y avais même pas réfléchi, à l'époque, j'étais sûr d'avoir affaire à un fou qui, même s'il ne m'effrayait plus, ne pouvait rien m'apporter.

Quelques mois plus tard, c'était donc fort logiquement ma tentative de fuite qui m'avait réexpédié au frigo. Ce sinistre ratage avait été naturellement, et heureusement pour les autres, une aventure solitaire, celle d'un petit enfant buté qui se méfiait de tout le monde. J'avais réussi un soir à glisser des cales en papier sous chaque porte, empêchant, mais de manière invisible, leur fermeture totale. Dans la journée, elles sont bloquées en position ouverte.

Cette nuit-là, je n'avais pas attendu que tous les enfants soient endormis car j'aurais sans doute plongé dans le sommeil en même temps qu'eux. Je m'étais donc relevé, à peine la lumière éteinte.

J'avais slalomé au milieu des lits dans le noir complet. Tout d'abord, personne n'avait osé me parler. Puis, soudain, j'avais entendu la voix douce et craintive de Marcus me demander :

— Où tu vas ?

— J'ai oublié d'aller pisser.

— Tu n'as plus le droit, maintenant. Tu vas t'attirer des ennuis.

— Ne t'inquiète pas, Marcus.

— Reste.

J'avais poussé lentement la porte et je m'étais retrouvé dans le premier couloir. J'avais franchi avec la même facilité la deuxième porte. J'étais très excité, c'était si simple. J'avais mis quelques secondes à me calmer, puis j'avais entrepris de compter mes pas : seize vers la droite, quart de tour gauche et six pas et demi. J'étais maintenant devant la porte de la cuisine. Je l'avais poussée avec douceur et j'avais senti un léger courant d'air qui m'indiquait que le vasistas était ouvert. À peine avais-je fermé la porte derrière moi que la lumière s'était allumée. César 4 était planté devant moi et souriait :

— Une petite faim, peut-être? Tu es encore tout habillé? Enlève ce pull et suis-moi, je vais te rafraîchir les idées.

Quelques secondes plus tard, j'avais retrouvé la pénombre et laissé éclater ma colère. J'avais hurlé durant de longues minutes et pleuré soudain comme une fontaine.

J'ai mal dans le dos. Quelqu'un m'assène de violents coups de poing. Je parviens difficilement à ouvrir les yeux. C'est Romu qui se démène pour me réveiller. Mes doigts de la main gauche me font souffrir. Il me prend la main et nous marchons ainsi doucement entre les colonnes. Je mets presque une heure à calmer ma douleur. Romu m'a sans doute sauvé d'une amputation ou même de la mort. Mais je ne crois pas qu'ils laissent mourir les enfants ici, ça se saurait. Romu me regarde :

— Tu ne dois pas dormir aussi longtemps. Tu le sais, quand même! me reproche-t-il.

Je ne trouve rien de plus intelligent à lui répondre que :

— Je n'ai pas fait exprès.

— Tu bois trop d'eau au repas du soir, c'est pour ça que tu roupilles.

Il tourne la tête et s'éloigne.

Qu'a-t-il voulu dire ? On nous droguerait tous pour nous faire dormir la nuit ?

Mes yeux se ferment à nouveau, mais je lutte contre le sommeil en continuant de marcher. Je n'arrive plus à réfléchir, alors je chantonne tous les airs que j'ai appris à la chorale depuis mon arrivée.

Je ne connais pas d'autres chansons. J'ai pourtant dû en entendre dans le passé. C'est comme si j'étais né le jour de mon entrée dans la Maison. Cependant, je suis sûr qu'il y a eu une vie avant. Je n'ai que quatre ans de mémoire. Avant, rien… enfin, pas tout à fait. J'ai une image en moi. À chaque fois qu'elle apparaît, elle me semble plus précise. Je suis petit. J'ai des cheveux collés sur le front. Je me cramponne à un gros cylindre qui doit être une canalisation de chauffage. Je sue. Il fait noir. Il y a un bruit assourdissant et cette odeur de graisse à machines qui me donne la nausée… Je ne suis pas seul dans cet endroit. J'entends des cris d'enfants qu'on maltraite, là, tout près de moi. C'est tout. Parfois, je doute de ce souvenir, car je le trouve tellement proche du début de *La Maison du bonheur*.

Tous les enfants de la Maison avec qui j'en ai parlé ont un souvenir d'avant. En tout cas, ils peuvent en citer un. Sont-ils toujours véritables ? Sont-ils parfois imaginaires ou réinventés ? Comment savoir ?

Certains, comme Marcus, sont catégoriques :

— Je m'appelle Olive, m'a-t-il affirmé un soir. Marcus, c'est un nom bidon qu'on m'a donné ici.

J'en suis sûr. Dans mes rêves, quelqu'un de très gentil m'appelle par ce prénom : « Olive, mon petit Olive. »

De là à penser qu'on porte tous des faux noms, il n'y a qu'un pas que je n'arrive pas à franchir. Méto, c'est un prénom que j'aime.

J'occupe mon esprit en me remémorant les « souvenirs d'avant » des autres.

Alors, Claudius ? Ah oui, je me souviens. Il parle d'un objet qu'il appelle « maman ». Il ne sait plus exactement à quoi il ressemble. Mais ce mot ne le quitte pas. Ce dont il est sûr, c'est qu'il y a une relation entre cet objet et le moment du coucher, et aussi qu'il est chaud et doux. Il pense que c'est peut-être une autre façon de désigner un oreiller ou une couverture.

Paulus, son souvenir est un lieu, une petite pièce dans une petite maison. Un endroit comme un dortoir où il n'y aurait qu'un lit. Il décrit précisément deux objets posés sur sa couverture bleue, deux faux animaux : un petit ours et un lapin. Il voit aussi une grande photographie, collée au-dessus de son lit, où deux chatons jouent avec une pelote de laine.

Cette énumération me maintient en éveil, mais je commence à fatiguer.

Octavius… Octavius se rappelle un visage : c'est un enfant roux comme lui, mais avec de très longs cheveux tressés comme deux cordes. Ce visage lui sourit puis lui tire la langue, toujours en souriant. Cette image lui sert à se calmer certains soirs, après des vexations ou des injustices. Et il en a eu besoin, de son souvenir, pour survivre ici, lui.

Octavius a perdu ses deux phalanges par étourderie. Piégé par une rêverie, un jour, il a commencé à manger trop tôt. Une autre fois, il a enfourné soixante-quatorze bouchées. L'un de ses doigts n'a pas résisté aux basses températures du frigo.

Depuis, il est surveillé dès le réveil par un Rouge. Il n'y a pas vraiment de tour de rôle, mais chaque jour quelqu'un le prend en charge. Ces derniers mois, c'est surtout Marcus et moi qui nous occupons de lui et nous sommes devenus très proches.

J'ai faim. Je vais plaquer mon oreille à la porte pour guetter l'arrivée de mon repas. Je me retire bientôt car j'ai peur de rester collé au métal.

Pourquoi Romu m'a-t-il dit que je n'avais rien compris ? Qu'y a-t-il à comprendre ?

La porte s'ouvre. César 2 dépose un plateau sans rien dire. Je me précipite pour sentir la chaleur du dehors. Trop tard, il est reparti. J'avale d'abord les liquides avant qu'ils ne soient trop froids et ne deviennent douloureux dans la gorge. Je mange ensuite tout le reste, sauf le pain que je garde pour plus tard, contre la faim, mais surtout contre l'ennui. Ensuite je marche puis je m'accroupis, enfin je m'étire. Je répète machinalement ces mouvements une vingtaine de fois.

Romu arrive. Aussitôt, je me dirige vers le moteur

pour lui signifier que j'ai besoin de parler tout de suite.

— Tu as l'air en forme… C'est bien, me dit-il.

— J'en ai déjà marre. Merci pour cette nuit.

— C'est un peu mon travail. Je dois éviter les catastrophes. Parlons vite et bien. César 1 se méfie de toi. Il m'a proposé de ne pas venir du tout au frigo cette nuit. C'est la première fois qu'il est aussi gentil…

— Tu vas bientôt partir, alors?

— Oui, dans cinq minutes. Tu sais, je tiens à toi. Nous avons six jours et demi de vie commune. C'est toi que je connais le mieux.

— Pourquoi t'impose-t-on une vie semblable à celle des punis?

— Je dois payer pour plein de fautes, semble-t-il. La plupart, je ne me les rappelle plus. Ma plus grosse, c'est sans doute d'être né.

— Pourquoi dis-tu cela?

— Du plus loin qu'il m'en souvienne, je n'ai jamais été comme il faut à ses yeux. J'ai toujours été le méchant Romulus.

— Aux yeux de qui?

— De lui… de celui qui a créé tout ça. Je suis Romu le fou, l'imprévisible.

— Moi, je sais que tu es gentil. Tu m'as sauvé la vie plusieurs fois.

— J'agissais sur ordre. Je vais partir, je reviendrai demain. Je sais beaucoup de choses mais je ne sais pas par où commencer. Pour demain, prépare-moi trois questions que tu juges essentielles et j'y répondrai. Salut.

Il disparaît derrière un poteau puis, quelques secondes après, j'entends la porte qui se referme avec fracas.

Je vais occuper mon esprit en inventoriant tous les mystères de la Maison. Il faut que je sois prêt pour son retour. Je ne dois pas me tromper. Les poings fermés, je me tape les genoux. Je lutte pour faire disparaître la douleur qui revient à la main gauche. Je desserre mes lacets pour que mes orteils remuent à l'intérieur de la chaussure quand je marche. Je m'assois deux minutes. Je compte les secondes pour ne pas m'endormir et je repars. Il faut que je passe le temps avec n'importe quoi, si possible avec un sujet qui ne s'épuise pas trop vite.

Ah oui… les questions de Marcus sur notre origine. Elles nous ont tant fait rire. C'est son sujet de prédilection. Il l'aborde depuis son entrée ici.

Après une leçon sur l'entretien des ruches, il avait interrogé Claudius sur l'existence d'un souterrain secret où pourrait se cacher notre reine. Une autre fois, il m'avait demandé si, à mon avis, on naissait sans pattes et avec une queue au fond de l'eau.

— Comme un têtard ? avais-je demandé en rigolant.

— Oui, parce que, figure-toi, m'avait-il assuré, je crois que j'ai trouvé, là, dans le bas du dos, l'endroit où était autrefois attachée notre queue.

Mais l'épisode qui reste marqué à jamais dans nos mémoires s'était déroulé pendant un cours de sciences, et sa question, cette fois, c'est au prof directement qu'il l'avait posée.

Nous venions d'écouter un exposé sur l'élevage des porcs sur l'île, quand soudain il avait levé la main :

— Nous, les hommes, avait-il demandé, nous sommes aussi des mammifères ?

— Oui, Marcus, avait répondu doucement le maître. Quelle est ta question ?

— À quoi ressemblent les femelles humaines ? Ont-elles, comme les truies, un sexe à l'intérieur et des rangées de pis sur l'abdomen ?

Tous les enfants avaient ri devant l'audace de la question. Mais personne parmi nous ne connaissait la réponse.

— Ta question est sans objet, avait répliqué le maître sur le ton de la colère. C'est un cours sur les porcs. Ici, nous élevons des porcs ! Les hommes, nous les instruisons !

Après un long silence, il avait repris :

— Tu as commis une grave erreur, Marcus. On ne pose pas de questions hors sujet et tu le sais, n'est-ce pas ? Pour une telle faute, tu risques une punition.

— Je vous présente mes excuses, avait articulé Marcus. Je ne sais pas ce qui m'a pris. Pardon, pardon !

— J'accepte tes excuses pour cette fois. Mais ne recommence jamais ! Et cet avertissement doit servir à tous ! avait dit le maître en élevant la voix.

— Je vous le promets, avait assuré Marcus.

Mon ami s'en était sorti indemne et j'en éprouvais une immense satisfaction. Mais j'avais eu honte d'avoir participé aux rires.

Le soir, je n'avais pu résister à l'envie de lui faire part de mon admiration :

— Tu as osé poser une vraie question : fondamentale, essentielle.

— Je l'ai posée pour rien. Nous n'aurons jamais la réponse, avait-il répliqué tristement.

— Je suis sûr qu'un jour on saura, avais-je affirmé.

Curieusement, ce n'est qu'à partir de cet instant que je me suis mis à réfléchir à mes origines. Non, je n'étais pas apparu un jour au fond d'une cave comme par magie. Oui, j'étais né de l'accouplement d'un mâle et d'une femelle. Et sans doute n'étais-je pas seul dans la portée ce jour-là.

Le temps s'écoule avec une lenteur désespérante. Mes yeux se ferment malgré moi. Il ne faut pas. Romulus va revenir et je risque de ne pas être prêt. Je dois me centrer sur le plus important : l'avenir, notre destin à la sortie. Comment dois-je poser la question pour ne pas recevoir en retour une réponse sibylline ? Est-ce que… ? Comment… ?

Je me réveille allongé dans la poussière, avec des douleurs dans le dos. J'ai dû dormir, il ne faut pas. Soudain, une main m'effleure l'épaule.

— Alors, ces questions ?

Je ne sais plus quoi dire.

— Lance-toi, m'encourage-t-il, j'ai le pressentiment que ça va être très court, ce matin.

— Pourquoi... pourquoi tu m'as dit que tu n'étais plus un enfant ?

— Parce que c'est vrai. Un enfant, c'est quelqu'un qui a moins de quinze ans. J'ai vu passer dans ton lit quatre générations d'enfants. Sachant qu'ils restent en moyenne quatre ou cinq ans, j'en déduis que j'ai au moins trente ans. Comme Rémus, d'ailleurs, que je connais depuis toujours...

— Que deviennent les Rouges quand on les sort de la Maison ?

— Cela dépend : ils ont un choix à faire. Enfin, pas tous exactement le même... Attention !

La porte s'ouvre brusquement et je n'ai pas le temps de comprendre. J'ai soudain l'impression qu'on m'enfonce quelque chose dans la tête.

Quand je me réveille, je suis dans un fauteuil, au chaud. J'ai même de la sueur sur le front et ma chemise est collante. César 3 est en face de moi.

— Que t'a dit Romulus ?

— Romu ? Il m'a dit qu'il s'ennuyait.

— Qu'est-ce qu'il t'a dit ?

— Il m'a dit qu'il était content de me revoir...

— Arrête de te moquer de moi. Je peux tout ici, tu le sais. Par exemple, te remettre au frigo une semaine et te laisser crever !

Il est hors de lui, je ne l'ai jamais vu comme cela. Lui, toujours si calme, si dominateur, si maître de lui…

— Qu'est-ce qu'il t'a dit?

— Il m'a dit qu'il n'était plus un enfant, qu'il pensait avoir au moins trente ans. Et qu'il connaissait bien Rémus.

— Tu l'as cru?

— Non, enfin, je ne sais pas. Je crois qu'il n'est pas tout à fait normal…

— Oui, il est très perturbé, assure César d'une voix redevenue paisible. Il vit seul et a beaucoup d'imagination. Ensuite?

— Je…

— Vas-y!

— Je lui ai demandé ce que deviennent les Rouges, comme Quintus par exemple, quand ils partent.

— Et?

— Il m'a dit qu'ils avaient un choix à faire et puis quelqu'un est arrivé et je ne me souviens plus de rien.

César se lisse la barbe et m'observe avec un petit sourire.

— Un choix… Il a dit «un choix». Tu ne mens pas, on m'a rapporté ces derniers mots. Bien, bien… Tu vas finir ta peine. Il te reste un jour et demi à tenir. Tu as le droit de manger avant d'y retourner : un repas de «trente-six».

— Est-ce que Romu sera puni?

— Non, probablement pas, on ne punit pas les malades, ils n'y peuvent rien. Toi, tu gardes le silence sur ce qu'il t'a raconté. J'ai des oreilles partout : dans le dortoir, au réfectoire, partout.

Au bout de la table de la cuisine se trouve une assiette : trente-six fourchettes de bonheur. Le rata est tiède et insipide, mais j'en pleurerais de joie.

César me regarde et surveille mon timing.

— C'est l'heure, Méto.

Je remplis mes poumons d'air chaud et je rentre dans le frigo.

Je reprends mes exercices comme par réflexe et je me répète sans cesse : « J'aurai le choix… J'aurai le choix. Mais lequel ? Entre le mauvais et le pire ? » Je n'ai finalement pas appris grand-chose. Si, la présence parmi les enfants d'indicateurs, de ceux qu'on pourrait appeler les « oreilles de César ». Je croise des mouchards tous les jours. Je leur parle, certains sont peut-être des amis. Je passe en revue tous les gars du dortoir. J'ai l'impression de les connaître si bien. Même s'ils ne sont pas tous mes camarades, même si j'ai longtemps cru que je n'étais pas fait pour vivre avec eux, je n'arrive pas à m'imaginer que parmi eux se cachent des traîtres. J'ai toujours senti, de la part de tous, de la compassion pour ceux qui se faisaient punir. Plusieurs joueraient la comédie, et cela depuis toujours… Je me dois d'être méfiant, même avec mes proches.

Je ne vais pas parler tout de suite de ce que j'ai appris. Je vais me forcer à observer mes amis pendant plusieurs semaines. Je vais m'assurer que mon jugement est clair et que je ne me laisse pas aveugler par l'affection ou les habitudes.

Libéré...

C'est le soir. Je mange d'abord un «soixante-douze», seul dans la cuisine, et puis j'ai droit au gros décrassage avant de mettre un pyjama propre. Tout le matériel habituel est là : du plus doux au plus rugueux. Du gant à la brosse. L'eau est distribuée sans compter, c'est bien la première fois. Je ne peux m'empêcher d'évaluer la durée de la douche : c'est au moins une «quatre cents secondes», du jamais-vu.

César 5 m'accompagne dans l'obscurité jusqu'à mon lit. Tout le monde semble dormir. La porte se referme. Je m'approche des lits de mes camarades qui vont bientôt sombrer dans le sommeil.

— Méto, c'est toi? chuchote Marcus.

— Oui.

— T'es pas passé par l'infirmerie? s'inquiète Octavius.

— Non, je suis toujours complet.

— C'est bien.

— Excuse-moi, Méto, lance Crassus timidement.

— C'est fini, maintenant. Mais il faut que je dorme.

— Bien sûr, Méto. Bonne nuit, ajoute Marcus.

— Réveillez-moi demain, les gars, je ne veux pas être puni.

— Ne t'inquiète pas, assure mon meilleur ami, je suis trop heureux de t'avoir retrouvé.

J'ai mal partout. J'ai le dos qui chauffe. Ma tête semble prête à exploser. Je dois ralentir ma respiration pour laisser le sommeil m'envahir doucement.

Le réveil me paraît brutal. J'ai des courbatures. Je boite jusqu'au lavabo.

— On a beaucoup pensé à toi, me glisse Crassus, on a même essayé de t'envoyer mentalement des ondes pour te réchauffer. Tu ne les as pas senties ?

Marcus rigole. Crassus et moi partons dans un fou rire.

— Crassus ? Tu as réussi à survivre sans moi ?

— Oui, je n'ai même pas fait de bêtises. De nombreux enfants sont venus me parler de toi. Beaucoup admirent ton courage, tu sais ?

— Quel courage ?

— Ta tentative de fuite, tes séjours au frigo.

— Je regrette ces moments. Je n'en tire aucune fierté. Toi, n'oublie pas : reste dans la ligne. Moi, j'ai mis trop de temps à le comprendre.

— C'est promis.

CHAPITRE

5

ujourd'hui, je suis décidé : je vais parler de
ce que je sais à Marcus et Claudius. Je n'ai
pas envie de mêler Crassus à tout cela. Il est trop
jeune et trop léger. Il pourrait s'attirer des ennuis et
m'en attirer par la même occasion. Pour Octavius,
je serai obligé de le faire tôt ou tard, mais son
manque de concentration parfois et sa distraction
maladive me font hésiter. Il pourrait se trahir si
facilement.

Cela fait plus de trois semaines, et j'en ai un peu
honte, que je joue les espions avec mes propres amis.
Trois semaines que je les suis presque partout et pendant toute la journée.

Aucun n'a disparu à un moment pour aller faire
son rapport. Je me suis à chaque fois endormi le dernier. Je suis sûr qu'ils sont fiables. C'est des autres
que nous devons nous méfier.

J'ai prévu de leur demander, avant, s'ils veulent ou non entendre ce que j'ai à dire. Je vais leur faire courir un danger, après ils seront mes complices.

Je commence par Marcus, avec qui je me retrouve seul en sortant du dortoir :

— J'ai appris des secrets pendant mon séjour au frigo. Je n'ai pas le droit d'en parler. Je suis très surveillé par César. Si tu veux savoir, je veux bien te mettre dans la confidence. Mais ne me réponds pas maintenant. Réfléchis jusqu'à ce soir.

Le visage fermé, Marcus fait un léger mouvement de tête pour me signifier qu'il a compris.

— Réfléchir à quoi ? demande Crassus en me tapant sur l'épaule.

— Ah, tu es là ! Réfléchir au sens de la vie… à la mort…

— Vous vous moquez de moi ! Je suis sûr que vous me cachez quelque chose !

— Non.

— Je suis sûr que si. C'est quoi ?

Comme nous restons silencieux, je vois le regard de Crassus s'assombrir. Il semble blessé. Je me retiens d'ajouter : « C'est pour ton bien. » Pourtant, c'est exactement ce que je pense.

J'approche ma deuxième cible pendant la chorale. Paulus a rejoint les Violets. C'est donc un moment propice pour voir Claudius seul. Il chante juste à ma gauche. J'ai préparé un message écrit sur du papier-toilette, car le professeur déteste les bavardages.

Nous avons nos partitions à la main. Je glisse mon papier sous son pouce. Je vois Claudius froncer les sourcils. Il a lu mon message. Il ne chante pas, il cherche mon regard. Je chante plus fort que d'habitude en souriant aux anges pour ne pas éveiller les soupçons. La chorale se termine. Je sens qu'il me glisse un papier dans la poche. Je le sors discrètement pour l'identifier : c'est mon message. Il me l'a rendu. Je cherche Claudius des yeux. Il s'est mêlé au troupeau qui s'éparpille.

Je le retrouve quelques minutes plus tard, posté à l'entrée des toilettes, sans doute en train d'attendre Paulus. Il me fait signe d'un mouvement de tête. Quand j'arrive à sa hauteur, il me glisse :

— Je ne veux pas savoir.

— Tu es sûr ? Tu n'es pas obligé de me répondre maintenant.

— Je ne veux pas savoir, dit-il en détachant bien ses mots. Et toi, fais attention.

Paulus revient, je m'éclipse.

Je suis sous le choc. Claudius aurait-il peur ? Pour lui-même ? Pour Paulus ? Je l'ai toujours vu comme un grand frère solide et sûr. Pourquoi me fait-il ça ?

Ce soir, au repas, Marcus est en face de moi, il me fixe. Il a bien choisi son moment. Dans le brouhaha qui précède le début du «soixante-douze», personne ne peut entendre ce qu'il va dire.

— C'est d'accord, lâche-t-il d'une voix claire.

Il ne me sourit pas et baisse la tête.

— Tu en as parlé à quelqu'un d'autre? ajoute-t-il.

— J'ai essayé d'informer Claudius. Mais il a refusé. Je ne comprends pas pourquoi.

— Il cherche à te protéger. Moi, j'ai la trouille, reprend-il, mais je ne veux pas te laisser seul avec ton secret. Quand tu m'auras raconté ce que tu sais, laisse-moi tranquille avec tout ça.

Le soir, avant de m'endormir, je fais part à Marcus de ce que j'ai appris.

Après un court silence, il réplique :

— Profitons des moments que nous avons à passer ici. Promets-moi de ne plus rien tenter.

Comme je ne réponds pas, il reprend :

— Ce qu'il faut que tu comprennes, c'est que je tiens à toi comme si tu étais une partie de moi. J'ai peur pour toi. Claudius aussi, j'en suis sûr.

Je me sens obligé de mentir pour le rassurer.

— J'ai besoin de réfléchir, vous avez peut-être raison. Bonne nuit, Marcus.

— Bonne nuit, Méto.

Leurs peurs, je les comprends. Moi aussi, j'ai la trouille. Pourtant je veux savoir. Je dois découvrir ce qui se cache derrière les portes, derrière les visages lisses des César, derrière les gueules cabossées des monstres-soldats.

Demain soir, je ne boirai pas pendant le repas et je verrai bien si Romu a raison quand il dit qu'on nous drogue pour dormir.

Ce matin, j'ai pris la décision d'être un élève obéissant, un gentil mouton durant la journée. Cela me permettra d'être invisible. Il faut qu'on m'oublie. Ainsi personne ne pourra se douter que la nuit je me transforme en une petite fouine prête à braver tous les interdits.

La journée se déroule comme prévu jusqu'au repas du soir. Là, une épreuve m'attend. Ne pas boire est un vrai calvaire. J'ai horriblement soif dès les premières bouchées avalées. Les aliments doivent être saturés de sel ou d'une autre substance provoquant le même effet. Ce qui est curieux, c'est que je ne sens rien. Le goût doit être masqué. J'observe mes voisins et je mesure la quantité d'eau qu'ils consomment. Les trois enfants assis devant moi ont bu respectivement dix verres, sept verres et treize verres. Moi, je me contente de manipuler la carafe et de porter mon verre à mes lèvres sans rien avaler.

Au moment de me brosser les dents, en revanche, je profite du rinçage de la bouche pour me rattraper. Je dois ingurgiter une grande quantité d'eau pour éteindre le feu qui brûle ma gorge.

Comme à l'habitude, le coucher s'effectue dans une ambiance calme et apaisée. Après des conversations réduites à quelques minutes, les voix se taisent une à une et le dortoir est plongé dans un profond silence. Moi, je ne dors pas. Mes yeux ne me piquent pas. De longues minutes s'écoulent. Je me décide à faire un test : j'appelle un par un tous les enfants autour de moi. Aucun ne me répond. Je n'ai jamais tant élevé la voix dans cet endroit, même dans la journée. Mes yeux, totalement habitués à l'obscurité, voient presque comme en plein jour. Je me suis redressé et je regarde mes amis dormir. Les grands sont couchés en diagonale et les petits sont, eux, parfaitement parallèles aux bords du lit.

J'entends des pas derrière la porte. Je m'allonge et remonte un peu ma couverture. Et là survient l'incroyable : quelqu'un allume les lumières. Aucun enfant ne réagit. C'est sûrement comme ça chaque nuit. Je n'ose pas encore ouvrir les paupières. Je sens des présences autour de moi. Je ne perçois pas l'odeur de la graisse à chaussures, mais des effluves de désinfectant ou de shampooing antipoux. J'entrouvre les yeux et je les vois : ils sont grands, très grands. Ils se baissent pour ramasser le linge dans des sacs marqués au nom des élèves. Ensuite, j'entends le bruit des portes des placards qui s'ouvrent une à une. Ils sont au moins six. Je referme les yeux quand les visages se tournent dans ma direction. Maintenant, ils passent le balai. Aulus effleure mon lit de sa main droite. Je suis sûr que c'est lui, il était Rouge quand j'ai débarqué à la Maison. Ils portent des combinaisons noires avec un numéro peint sur le dos. Aulus a le 197. Son visage est creusé, il semble triste et fatigué, et ses gestes sont machinaux. Il a comme les autres un anneau épais et très large à l'oreille. Il s'interrompt dix secondes pour toucher les cheveux de Paulus, je crois, ou bien d'un de ses voisins. Je devine plus que je ne vois réellement. La lumière s'éteint.

Ainsi les anciens, pour une part au moins, ne sont pas chassés de l'île et livrés au froid et à la peur quand ils dépassent la taille maximale. Certains restent à la Maison. Ils travaillent au nettoyage la nuit. Au vu de leur état, je pense qu'ils ne doivent pas trop se reposer pendant la journée.

Grâce à Romu, j'ai l'impression que le rideau s'entrouvre doucement. Je ne dirai rien à Marcus demain, je ne veux pas qu'il s'inquiète. Le sommeil me rattrape bientôt.

La nuit suivante, ce sont les mêmes qui reviennent. Quand Aulus se baisse pour ramasser mes affaires, je décide soudain de lui parler. J'ouvre les yeux. Il me fixe et déclare bien fort :

— Un Rouge a ouvert les yeux. Méto en 6/4. À signaler.

J'en entends un, plus loin, qui lui répond comme un écho :

— Méto en 6/4. OK.

Je suis pétrifié. Je le fixe encore quelques secondes en louchant légèrement et je referme mes paupières. Je suis parfaitement immobile. Je les entends s'affairer encore quelques très longues minutes, puis la lumière s'éteint et la porte claque. Demain et pendant la semaine suivante, je vais redormir comme les autres et vider des carafes entières le soir au dîner.

Pendant les jours qui suivent, chaque matin, au réveil, je sens l'odeur de la graisse à chaussures. Elle imprègne mes draps. La nuit, les « monstres » me regardent dormir, c'est sûr.

Je me sens de plus en plus seul. Bientôt, je vais ressembler à Romu.

Marcus me lance des coups d'œil angoissés.

— Tu as fait quelque chose de grave. Je le vois à ton regard, me lâche-t-il un soir.

— Pas si grave. La preuve, je suis toujours là. Tu ne veux pas que je te raconte ?

— Non.

— Tu n'as donc aucune curiosité ?

— Si, mais j'ai peur. J'ai peur pour toi aussi. S'ils sentent que tu es pressé de connaître ton futur, ils peuvent te casser ton lit. C'est déjà arrivé.

— D'où sors-tu cette histoire ?

— Rémus me l'a raconté : c'est ce qui s'est passé pour un Violet nommé Gnaeus, un rebelle notoire, d'après lui.

— Je vais discuter avec Rémus.

— Méfie-toi de lui. Les traîtres dont tu m'as parlé sont bien quelque part.

— Pas Rémus.

Dès le lendemain, je décide de suivre Rémus des yeux pendant une semaine. Rien à signaler, à part qu'il reste souvent seul, assis, les yeux dans le vague, et qu'il arrive toujours au dernier moment pour participer aux activités.

J'essaie de me rapprocher de lui. Je m'assois par exemple à sa table aux heures des repas. Mais je m'aperçois vite qu'il n'y a rien à en tirer. Je veux qu'il me parle de ce Gnaeus et je lui glisse mine de rien quelques questions sur le personnage. Il se contente de me regarder avec un petit sourire aux lèvres. Dans ces moments-là, j'ai l'impression qu'il est vide et ne comprend rien.

Un matin, après une ultime tentative de ma part, il me prend la main et m'attire dans un recoin.

— Gnaeus n'était pas gentil, alors il a été puni et on a cassé son lit. Et après, il est parti.

— Qui a cassé son lit?

— C'est le mystère de la nuit. Mais la nuit, ce n'est pas pour les enfants. La nuit, les enfants dorment.

— Tu n'es plus un enfant, Rémus.

— Si, un peu. Je suis encore un Rouge.

Soudainement, il change de ton :

— Méto, évitons-nous pendant quelques jours, sinon… Il s'éloigne sans finir et entre dans les toilettes. Je pars rejoindre Marcus.

Rémus est absent au moment du repas. Il nous

retrouve à la chorale. J'aperçois César 4 qui le suit des yeux.

Juste avant le souper, je m'assois à côté de Claudius en silence. Depuis ma proposition et son refus, je sens une grande distance entre nous.

— Méto !

La voix est calme et ferme. Je ne me retourne pas et réponds :

— Oui, César.

Je l'attendais.

— Il faut qu'on parle, Méto, reprend-il.

Je le suis jusqu'à son bureau. Il classe des papiers pendant un long moment en me jetant des regards rapides. Enfin il demande :

— Alors, tu as parlé à Rémus ?

— Je l'aime bien, Rémus.

— Tu lui as demandé quoi ?

— De me parler de Gnaeus.

— Pourquoi t'intéresses-tu à lui ?

— On m'a dit qu'autrefois quelqu'un avait volontairement cassé le lit d'un certain Gnaeus, alors qu'il n'était que Violet. Je voulais savoir si c'était une légende qu'on raconte pour effrayer les enfants ou si ce garçon a réellement existé. Alors, j'ai demandé à celui qui est ici depuis le plus longtemps, c'est-à-dire Rémus.

— Et alors ? Qu'est-ce qu'il t'a répondu ?

— Il m'a dit que c'était vrai.

— Quoi d'autre ?

— Il a ajouté qu'il ne savait pas qui avait cassé le lit.

C'est tout.

Je dois à tout prix me contrôler et ne pas montrer ma peur. Je reprends d'une voix douce et ferme, en prenant soin de bien articuler :

— Je n'ai rien raconté à Rémus. Je ne lui ai pas parlé de Romulus ni de ce qu'il m'a dit. J'ai tenu ma promesse.

— Il semblerait que oui. Méto, ne gâche pas ta vie ici, elle n'est peut-être plus très longue. Profite ! Apprends ! Amuse-toi ! Et surtout, dors bien !

— César, j'ai un peu faim. Je n'ai pas encore mangé ce soir et je n'ai rien bu non plus, fais-je remarquer innocemment.

— Passe en cuisine, nous avons tout prévu.

Je mange seul dans un coin de la cuisine et je regagne le dortoir au dernier moment. Crassus me fait signe.

— C'était quoi, ce soir ? demande Marcus.

— Rien. La suite du frigo. César veut être sûr que je n'y retournerai jamais.

— Tu ne m'as pas raconté le frigo, à moi, intervient Crassus.

— C'est le passé. Je n'aime pas y repenser. C'était très dur. Je t'en parlerai plus tard, dans quelques mois par exemple.

— Tu l'as raconté à Claudius et à Marcus, dit-il en prenant une voix un peu suppliante.

— Non, enfin, à peine. Tu dois comprendre que je ne suis plus ton tuteur. J'ai repris une vie normale : je discute avec tout le monde, surtout avec des Rouges que je connais depuis très longtemps et de qui j'ai été séparé pendant ton initiation et le séjour au frais qui a suivi.

— Oui, je comprends, mais je veux être ton ami, moi aussi.

— Tu es mon ami. Mais je te donne un conseil : trouve-t'en d'autres, s'il te plaît, de ton âge et de ta couleur. Ils dureront plus longtemps.

— Tu es Rouge depuis longtemps ?

— Je crois que je suis à moins trois.

Il baisse les yeux. Je ne sais pas s'il a compris.

— À moins de trois centimètres de la grande casse. Il me reste au mieux trois à six mois. Enfin, je crois.

— Alors, n'attends pas trop pour me raconter.

Je grimpe dans mon lit et me glisse sous les draps. Bien content d'être au chaud. Marcus tourne sa tête vers moi, au moment où on éteint les lumières :

— Je suis soulagé de te voir. J'avais peur.

— Tu vois, ce n'est pas si grave. De toute façon, je n'ai pas envie de t'abandonner.

Mes yeux se ferment. Je vais bien dormir.

Ce matin, je ne sens plus l'odeur des soldats flotter autour de mon lit. Je me lève. Ma main effleure un petit bâton glissé sous un coin de mon oreiller.

Comme par instinct, je le glisse dans la poche de ma veste de pyjama. À l'aveugle, je tente de comprendre. Ce n'est pas un bâton, mais ça en a la forme. C'est plus souple, peut-être un morceau de carton extrêmement fin. Je le transfère bientôt dans mon pantalon. Je dois trouver un moment propice pour le regarder sans risque. Je fais ma première tentative aux toilettes mais, à peine entré, j'entends tambouriner un petit qui hurle que je dois me presser. Toutes les activités de ce début de matinée s'enchaînent au pas de course. Dès que j'en ai l'occasion, je touche le petit bâton, le soupèse, le tords. Je ne connais même pas sa couleur. À force de le triturer, je m'aperçois qu'il s'agit d'un rouleau de papier roulé très serré. Avec l'ongle du pouce, je parviens à l'étaler. Je suis maintenant sûr que c'est un message, un message de la nuit.

Je suis assis depuis un quart d'heure et j'écoute un cours sur la culture de la pomme de terre, ses origines, ses propriétés nutritives...

Je sors mon mouchoir que je serre autour du papier. Je laisse glisser le message sur mon cahier et je me mouche. Marcus tourne la tête vers moi et me sourit.

— Tu as pris froid ? chuchote-t-il.

Je ne réponds pas car j'entends le prof de botanique qui s'interrompt et tourne sa tête vers nous.

C'est un homme sans âge et sans cheveux qui se déplace difficilement en s'aidant de lourdes béquilles.

Un élève lui sert de poisson pilote dans les couloirs car il est aveugle, ou quasiment. Il parle d'une voix claire et calme :

— Marcus, lance-t-il, ne vous inquiétez pas de la santé de votre camarade. Il n'est pas du tout malade, vous savez. Il y a dix secondes, il a mouché à vide.

Il se tait. Va-t-il reprendre son cours ?

— Méto, pourquoi avez-vous mouché à vide, au fait ?

Je ne desserre pas les dents. Si je parle, il comprendra que je mens. Je patiente. Une longue minute s'écoule.

— C'est sans importance, après tout ! déclare-t-il finalement. Revenons à nos patates qui ne méritent aucun contretemps.

Je respire enfin mais pas trop fort.

Tout en écrivant de la main droite, je retourne le papier. Il mesure environ huit centimètres sur un. Il y a deux lignes tracées à l'encre grise, les caractères sont minuscules :

Agir pendant qu'on est encore à la Maison est plus facile qu'après. Ne fais confiance à personne ni le jour ni la nuit. Si tu veux suivre nos pistes, enroule un de tes cheveux autour du premier bouton de ta chemise du jour. Mange le message.

J'attends la fin du cours, le moment où les chaises reculent bruyamment, pour chiffonner le papier et en faire une boulette que j'avale. Personne ne m'a vu.

Marcus semble encore perturbé par l'incident. Il

me regarde avec des yeux de chien battu. Dans le couloir, il me retient par le bras.

— Pourquoi tu n'as pas répondu ?

— Je ne pouvais pas répondre.

— Pourquoi ?

— Je ne peux rien te dire.

Son regard se durcit. Il est en colère. Il doit avoir l'impression que je le trahis un peu plus chaque jour.

Il s'écarte et lâche :

— Et puis merde !

Je le regarde qui s'éloigne vers la salle de piqûre. Une main se pose sur mon épaule. C'est Crassus.

— Alors, Méto, tu vas bien ? Qu'est-ce que tu me racontes ?

Cette question, que je devrais juger légère, me perturbe un instant :

— Que veux-tu que je te raconte ? On était en botanique. On a parlé patates. Et toi ?

— Moi, j'étais en mécanique, on a eu droit à l'histoire de la chaudière volcanique de la Maison.

— Toi qui crains le froid, tu devais être passionné. Bon, on se retrouve après pour la lutte. Je dois aller à la piqûre.

Nos élèves sont alignés en silence. Ils ont revêtu leur justaucorps marron. Je les regarde l'un après l'autre. Aujourd'hui, Marius n'est pas dans son assiette. Il serre les dents et braque ses yeux sur Crassus, mon « ancien élève ».

Titus, à qui rien n'échappe, me propose :

— Tu commences l'entraînement et je m'occupe de Marius. Il est très remonté. Mais tu préfères peut-être que ce soit le contraire ?

— Non, vas-y.

Titus se dirige droit sur Marius, le prend par les épaules amicalement mais fermement et l'éloigne des autres.

Je commence l'échauffement sous le regard goguenard de nos deux assistants habituels.

Titus revient au bout de quelques minutes.

— Il est calmé, mais c'est à toi qu'il veut parler.

Je rejoins Marius.

— Crassus bave, déclare-t-il gravement.

— Crassus ? Le petit nouveau dont je me suis occupé ?

— Oui. Tu n'as pas dû assez lui expliquer qu'on ne doit pas raconter des trucs sur les uns et les autres.

— Il fait ça ? Donne-moi des exemples.

— Il a dit des trucs sur Quintus.

— Sur Quintus ? Il est arrivé le jour de son départ ! Il ne l'a même pas connu… Je te promets de tirer cette affaire au clair et de t'en reparler.

— Méto, on a confiance en toi. Ne te trompe pas d'amis.

— J'ai compris, va t'amuser.

J'appelle Crassus qui me sort son plus beau sourire.

— Crassus, c'est quoi cette histoire ? Tu as insulté Quintus ?

— J'ai juste dit qu'il n'était pas très courageux.

— Et comment sais-tu cela ?

— Méto, je t'ai déjà raconté que, la nuit, j'entends des voix. Alors, le matin, je répète ce que j'ai entendu. J'en ai parlé à Marius par hasard, pendant le petit déjeuner. Je ne savais même pas que c'était son copain.

— Arrête tes salades ! Si tu n'es pas capable de contrôler tes paroles, tu risques de très graves ennuis.

— Je n'ai pas peur. Tu ne dois pas t'inquiéter pour moi, tu n'es plus mon tuteur. Tu me l'as déjà dit.

— Je te parle comme à un ami.

— Je ne le ferai plus, c'est promis.

— Tu vas t'excuser tout de suite.

— Si tu veux.

Je fais un signe à Titus. Il pousse amicalement Marius vers Crassus qui sourit. Le Bleu foncé garde un visage très fermé. Les deux se serrent la main et Crassus articule :

— Je regrette ce que j'ai dit. Je te prie de m'excuser.

En sortant de la salle de gym, Marius me frôle et me glisse :

— Il n'était pas sincère. Je laisse tomber pour ne pas t'attirer de problèmes, mais Crassus n'est pas clair et il continue à me défier du regard.

— Il est jeune, je vais le surveiller.

— N'en fais pas trop pour lui. La dernière fois, ça t'a coûté quatre jours au frais. Maintenant tu n'es plus obligé.

J'observe mon ex-protégé pendant le repas. Il a trouvé sa place maintenant. Il est détendu et souriant. Il a un air presque dominateur quand il regarde les autres. Je m'aperçois que, si le hasard ne m'avait pas obligé à m'en occuper, il ne serait jamais devenu mon ami.

D'ailleurs, est-ce un ami?

Pour beaucoup de mes camarades, je devrais le haïr ou au moins m'en méfier. Si je fais le bilan de ce qu'il m'a apporté – quatre jours au frigo, des parties d'inche supprimées quand je devais l'aider pour son travail –, ce n'est pas très reluisant. Je pense aussi qu'il m'a menti quant à son expédition au vestiaire et qu'il s'est payé ma tête à la fin du cours de lutte…

Et si Crassus représentait un danger? Et si c'était une «oreille de César»?

Cette idée s'impose soudain à moi comme une évidence. J'aurais aidé, protégé, couvé même un petit mouchard?

Comment agir maintenant? Tout d'abord, vérifier mes impressions, en le gardant à l'œil le plus possible, et puis arrêter de m'occuper de lui. Qu'il les assume tout seul, ses provocations et les prétendues voix entendues pendant son sommeil.

Le soir, au moment où j'enlève ma chemise, je me pose une autre question : est-ce que je dois, dès à présent, me signaler à «mes amis de la nuit»? J'hésite, à cause des remarques du prof pendant le cours d'agriculture. Mon attitude a-t-elle fait l'objet d'un rapport? Une «oreille de César» aura-t-elle soupçonné quelque chose? Je me dois d'être prudent.

À mon réveil, je comprends que ma méfiance de la veille était justifiée. Il y a ce matin une drôle d'odeur près de mon lit, comme si les soldats étaient revenus surveiller mon sommeil ou fouiller mes affaires. Je vais adopter pendant la journée le comportement du mouton que j'ai déjà expérimenté.

Après le dîner, je retrouve mes amis aux lavabos pour le brossage des dents. En rangeant le dentifrice dans ma sacoche, je saisis mon peigne et l'inspecte à la recherche d'un long cheveu que j'enroule autour de mon index gauche. Je le glisse ensuite dans ma bouche.

J'ai choisi de sauter le pas. Si je deviens trop prudent, je n'aurai rien fait avant d'avoir «craqué». C'est maintenant ou jamais que je dois savoir.

Je retourne dans le dortoir. J'enfile mon pyjama et je plie mes affaires soigneusement en terminant par la chemise. Puis je fais semblant de prendre de la salive comme lorsqu'on veut nettoyer une tache, et je place mon cheveu à l'endroit convenu. On me claque vigoureusement le dos.

— Alors, on rêvasse ? m'interroge Crassus.

Je ne me laisse pas surprendre et je contre-attaque :

— Salut. Au fait, tu étais où à la fin de l'étude ? Je t'ai attendu.

— Tu m'espionnes, toi, maintenant ? dit-il en rigolant.

Je souris et reprends sur le même ton léger :

— Non, j'avais un truc à te dire. Mais là, maintenant, ça ne me revient pas.

— Ah bon ? Bonne nuit, Méto.

Il ne m'a pas répondu.

Ce matin, le courrier est passé. Je dois éviter de le lire en cours. Je décide d'aller m'enfermer aux toilettes.

À deux, vous serez plus forts. Signale-toi à l'autre en retournant une fois la jambe gauche de ton pantalon de pyjama quand tu iras au lavabo demain.

J'avale le message en tirant la chasse d'eau. Ensuite, je vais boire au robinet pour l'aider à passer.

— Ne bois pas trop d'eau avant la course, tu vas t'alourdir. Je me retourne. C'est Paulus. Je réplique :

— Quand tu seras en mesure de me battre, tu pourras me donner des conseils.

— Il disait ça pour ton bien ! intervient Claudius.

— Je sais, je sais ! Mais je préfère qu'on ne s'occupe pas trop de moi en ce moment… Paulus, je me suis énervé. Sans rancune ?

— Sans rancune, bien sûr, affirme ce dernier.

Il faut que je me calme. J'aimerais tant à cet instant être seul pour savourer la nouvelle. Bientôt, nous serons deux à partager le poids des secrets et les risques. Je dois me concentrer sur ma journée. D'abord, rejoindre tranquillement mes partenaires de relais, faire le vide et donner mon maximum.

La matinée s'est bien passée. Je rejoins Octavius et Marcus pour le repas. Je ne peux m'empêcher de parler de Claudius, de la proximité qu'il a avec Paulus au point de souvent intervenir à sa place.

— C'est un peu ridicule, déclare Marcus, Paulus devrait s'émanciper.

— Je crois que ça lui convient, intervient Octavius. Moi, je vous aime bien, mais j'aime aussi être seul parfois.

— Il doit surtout penser à la séparation. Claudius est en fin de parcours, ajoute Marcus.

Pour m'occuper l'esprit, je continue la surveillance de mon suspect. J'en suis venu à la conclusion que, sur l'ensemble de ses journées, il passe beaucoup trop de temps aux toilettes. Je n'avais jamais remarqué ce phénomène pendant son initiation. Peut-être emprunte-t-il le passage par le placard pour aller rapporter à César. Moi, j'ai essayé de l'ouvrir maintes fois, depuis que j'en connais l'existence, mais il est toujours fermé. Crassus, lui, a-t-il la clef?

Je ne dois pas me laisser convaincre sans preuves.

À la sortie des cours théoriques, j'aperçois Spurius qui me regarde et hésite à m'aborder. Je sais ce qu'il veut. Mes copains m'en ont déjà parlé. Il aimerait bien jouer placeur. C'était son poste dans ses équipes précédentes. Il n'a jamais osé me demander directement de lui céder la place.

Il attend finalement le moment du «carapaçonnage» pour se lancer :

— Comment es-tu devenu placeur la première fois chez les Rouges? me demande-t-il.

— Le précédent s'était cassé le nez. Le temps qu'il cicatrise, il avait «craqué». Depuis je n'ai jamais lâché le poste, sauf durant mes séjours au frigo.

— Tu sais que j'étais efficace à ce poste dans mon équipe de Violets? reprend-il.

— On m'a dit ça. Et là, maintenant, tu te sens capable d'essayer chez les Rouges?

— Oui. Pas pour te remplacer à chaque fois, mais pour participer, tu comprends?

Aujourd'hui, j'ai envie de dire oui. Ce défoulement de fin de journée commencerait-il à me lasser?

— Si Claudius est d'accord, tu peux jouer cette partie.

— T'es génial, Méto! Merci. J'en avais déjà parlé à Claudius.

J'ai rarement vu une pareille joie. Je ralentis immédiatement mon habillage et réponds en souriant aux signes amicaux que me lance le reste de l'équipe. Ils ont l'air contents.

Je prends place sur le banc des remplaçants. Le match commence par une ouverture qui plaît beaucoup aux débutants, parce qu'elle est très spectaculaire. Le transperceur prend la position de l'œuf et ses coéquipiers le roulent le plus loin possible. C'est la Romulus 1.1. Dès que le mouvement est décodé, les adversaires se ruent sur le meneur pour lui faire lâcher prise.

Nous avons récupéré la boule. Spurius souffre. Il est incapable de se dégager de l'emprise des nettoyeurs. Il est cloué au sol et Claudius s'épuise à chercher une solution. Ça y est, on nous a repris la boule. C'est la contre-attaque. Spurius s'est enfin relevé et plonge tête la première sur le porteur du précieux paquet. Le choc est violent. Il s'affale comme un sac de linge. Titus attrape la balle et marque. C'est fini. Le nouveau placeur ne bouge plus. César 2 intervient :

— Brancard ! Brancard !

Je bondis sur ses talons.

— On va le poser doucement, précise-t-il. Attention à la tête ! C'est bon. Claudius et Méto, portez-le à l'infirmerie.

César dégage doucement le casque. Une bande violacée barre le front de Spurius. Il y a du sang sous ses yeux.

— Il a la tête dure. Il s'en sortira. Méto, pourquoi n'étais-tu pas placeur ce soir ?

— Spurius m'a demandé de le laisser essayer.

J'avais confiance car il jouait à ce poste chez les Violets. Maintenant que je l'ai vu à l'œuvre, je pense qu'il ne fait pas le poids.

— Claudius, tu étais d'accord pour cet essai?

— Bien sûr. Nous sommes des Rouges bien mûrs. Il faut penser à l'avenir.

— Ce n'est pas à vous de penser à l'avenir. Allez-y et rassurez vos amis. Je vais rester près de lui ce soir.

Dans le vestiaire, les autres nous entourent.

— Alors, il a bougé? risque Marcus.

— Non, dis-je, mais, d'après César, il s'en sortira. Moi, je le trouve bien amoché. Il n'était sans doute pas prêt à me remplacer.

— Méto, tu n'y es pour rien. Spurius en rêvait et nous étions tous d'accord. Demain, tu reprendras ta place et lui, il apprendra en te regardant depuis le banc.

— Je l'espère.

Ce soir, je devrais être heureux car, demain, je vais rencontrer l'autre moi-même, le seul ici qui ait choisi de savoir. Mais l'image qui me hante à cet instant précis, c'est celle de Spurius allongé, inerte sur le lit de l'infirmerie. Celle d'un mort.

CHAPITRE

6

Réveillé un peu en avance, comme d'habitude, je me contorsionne pour atteindre mon bas de pyjama sans trop desserrer l'étreinte des draps. Je dois sortir comme les autres jours et comme tout le monde, par le haut et en douceur. Ce procédé a deux avantages, il nous rappelle qu'il faut y aller très prudemment et il nous évite de refaire le lit chaque matin.

Je m'applique à marcher avec naturel. Seul celui qui sait pensera à regarder le pli incongru. Les autres courent dans tous les sens pour avoir une bonne place aux lavabos ou aux toilettes avant de foncer à la course. J'ai l'impression que c'est un coup pour rien. J'enlève mon pyjama et je me prépare pour la course.

Mes copains sont déjà là. On se tape dans les mains pour s'encourager et se secouer un peu. Nous gagnons nos positions.

C'est parti.

Premier tour : Claudius qui court en sens inverse m'a frôlé. J'ai cru qu'il allait me parler. Je dois rester concentré sur ma course.

Deuxième tour.

— C'est moi, l'autre.

Claudius, c'est Claudius qui a dit ça !

Troisième tour.

— Alors, tu as compris ? insiste-t-il.

Quatrième tour.

— Oui, j'ai compris.

Cinquième tour.

— On est faibles aujourd'hui, annonce-t-il.

Il a raison. La course, rien que la course…

C'est fini. Notre performance est moyenne. Nous nous retrouvons au centre pour reprendre notre souffle. Claudius se rapproche de moi.

— Alors, tu es étonné ?

— Oui, mais ça me plaît. Pourquoi tu n'as pas voulu m'écouter après le frigo ?

— J'attendais un ordre.

— Paulus est avec nous ?

— Non, c'est un traître.

Nous nous dirigeons vers les autres activités.

— Ton ami est un traître ?

— Ce n'est pas mon ami. Je le surveille. Séparons-nous, on nous a trop vus ensemble.

Pendant le cours d'agriculture, j'ai du mal à prendre des notes. Si je ne me contrôlais pas, je pas-

serais mon temps à contempler Claudius. C'est lui...
Je n'avais rien deviné. Comment aurais-je pu?

Il va falloir qu'on s'organise, tous les deux, des
moments où on pourra échanger des informations
sans provoquer la suspicion des César et la curiosité
de nos proches. Hormis pendant la chorale, où nos
places nous ont été imposées, je m'aperçois que je ne
suis jamais à côté de Claudius. Comment mes fidèles
Marcus et Octavius vont-ils ressentir le fait que je
choisisse de m'éloigner d'eux? Et lui, comment fera-
t-il pour se défaire de Paulus?

À la fin du cours, Marcus me demande:

— Qu'est-ce qui t'arrive ce matin? Tu n'es pas
avec nous. À quoi penses-tu?

Comme je mets quelques secondes à répondre, il
enchaîne:

— Tu penses à Spurius?

Au moment où j'acquiesce machinalement,
l'image du jeune placeur m'envahit. Je sens remonter
en moi comme un malaise, une honte.

— Il faudrait qu'on s'en occupe.

— Et comment, Méto? demande Octavius.

— En allant demander à César si on peut lui
rendre visite.

— Tu sais que normalement on doit attendre que
César nous le propose?

— Mais s'il n'y pense pas, on ne saura rien
aujourd'hui.

Marcus ajoute :

— C'est moi qui vais demander. Toi, tu restes là.

— D'accord.

J'aurais pu répondre « merci », aussi, car je me dois de rester discret. En même temps, depuis que je sais que nous sommes deux à savoir, je me sens presque invincible.

Au repas, Marcus s'assoit en face de moi. Il commence :

— César a dit que Spurius s'était réveillé mais qu'il ne pourrait pas quitter l'infirmerie pendant une semaine.

— On peut aller le voir, alors ?

— César a dit que ce n'était pas une bonne idée, car Spurius doit se reposer.

— Et tu as eu l'impression qu'il te mentait ?

— Non, pourquoi ? Attendons une semaine pour tirer des conclusions.

Je suis toujours étonné qu'après tant d'années nous soyons si peu à douter.

Dès le début de la chorale, un drame éclate. Un petit qui trébuche, peut-être poussé, et qui se rattrape à un autre. Un début de dispute. Un ami qui s'interpose. Résultat : trois rubans arrachés.

— C'est un accident, c'est un accident, je n'ai pas la taille ! crie Mamercus. César, s'il vous plaît !

— Et merde ! lâche Appius, un Bleu foncé.

Le petit Caelus est en larmes et répète :

— Ce n'est pas ma faute ! Ce n'est pas ma faute !

César 5 intervient avec un grand sourire. Sans un mot, il ramasse les rubans et invite de la main les trois « craqueurs » de l'après-midi à le suivre. Un Bleu ciel, un Violet et un Bleu foncé. Mamercus ne se lamente plus, il est furieux. S'il n'y avait pas de témoin, il frapperait rageusement le responsable.

Cette scène du ruban brisé, je l'ai vécue des dizaines de fois, mais aujourd'hui je la vois avec des yeux neufs. Avant cet instant, je l'avais toujours considérée comme une étape naturelle, un passage obligé dans une évolution inéluctable. Mais c'est une mise en scène, un acte provoqué pour rétablir un équilibre. J'ai compris et j'en suis sûr : Spurius est mort. Il faut donc un nouveau Rouge, un nouveau Violet et un nouveau Bleu foncé. Il faut faire une place au petit Bleu clair qui arrivera bientôt et surtout il faut boucher le trou laissé par Spurius, qu'on va se dépêcher d'oublier.

À partir d'aujourd'hui, plus personne n'osera demander de ses nouvelles. Marcus sait aussi que je ne lui en parlerai plus. À quoi bon risquer le frigo ?

À la fin de la chorale, Claudius se rapproche de moi :

— On se parle avant l'inche ?

— Si tu veux. Et Spurius ?

— Laisse tomber Spurius. Ils l'ont évacué cette nuit.

— Comment le sais-tu ?

— On me l'a dit.

— Tu sais qui ?

Il ne répond pas. Paulus l'a rejoint. Je m'éloigne pour aller retrouver Octavius et Marcus.

Dans les rangs des petits, ça parle fort :

— Je vais le dire à César. Je l'ai vu quand il l'a fait tomber, déclare Kaeso.

— Ne dis rien, l'avertit Décimus, au mieux tu te feras engueuler.

— Je m'en fous, j'en ai marre de la fermer.

— Laisse tomber ! je te dis. Je ne t'accompagnerai pas au frigo cette fois-ci.

— Arrête d'avoir peur. Je ne vais rien faire de mal. Je vais juste parler à César.

Je m'approche. Je ne peux m'empêcher d'intervenir :

— N'élevez pas la voix ainsi ! Qu'est-ce qui vous arrive ?

— Bonjour, Méto. J'ai tout vu pendant la chorale, commence Kaeso.

— Qu'est-ce que tu as vu ?

— C'est Paulus qui a poussé Caelus sur Mamercus.

— Qui l'a vu à part toi ?

— Personne, je crois… Enfin, peut-être d'autres, mais ils ont peur.

Il est très énervé et ne parvient pas à baisser le ton de sa voix. J'essaie de mon côté d'être le plus calme possible :

— Alors, ce sera ta parole contre la sienne. Tu es plus jeune. Ce n'est pas à toi qu'on donnera raison. Tu ne gagneras pas.

— Tu préfères croire Paulus parce que c'est l'ami de Claudius? C'est ça?

— Tu crois ce que tu veux, Kaeso. Écoute mon conseil. C'est vraiment pour ton bien. Ne va pas voir César! Je sais comment ça marche.

J'attrape Décimus par le bras et lui chuchote :

— Ne lâche pas ton copain, c'est un têtu.

— Je sais. Ne t'inquiète pas.

Je rejoins mes camarades qui s'étaient éloignés pour qu'un attroupement n'attire pas l'attention d'un César.

— Finalement, ça te plaît de materner les petits, plaisante Octavius.

Au moment du « carapaçonnage », Claudius s'installe près de moi.

— Paulus a fait son boulot pendant la chorale, lui dis-je.

— Je sais. Ce n'est pas la première fois. Nous sommes loin à ce moment-là et il en profite. Bon, je change de sujet. On a une urgence : découvrir les autres traîtres comme lui.

— Je crois que j'en connais un autre : Crassus.

— Tu as des preuves?

— Non.

— Tu dois être sûr. C'est très important.

— Et tes copains de la nuit ne pourraient pas nous donner leurs noms ?

— Pas précisément, mais ils nous aideront.

Les autres se sont rapprochés. J'aurais tellement de questions à poser à Claudius. Comment et depuis quand a-t-il rejoint ceux qui résistent ? Vu la brièveté de nos échanges, je ne suis pas près de tout connaître.

Curieusement, aucun membre de l'équipe n'évoque l'absence de notre copain accidenté la veille. Il n'y a pas de volontaire pour prendre sa place. Je vais donc me défouler ce soir, même si le cœur n'y est pas.

La partie est enragée comme toujours et nous perdons assez vite suite à une mésentente entre les deux arrières. Il n'y a pas de dégâts, c'est ce qui compte.

En sortant de l'étude, je décide de commencer tout de suite ma première mission et de m'asseoir en face de Crassus pendant le dîner. Si c'est une « oreille », je vais le démasquer. J'engage la conversation :

— Tu as appris pour Spurius ?

— Oui, il s'est blessé pendant l'inche et il est toujours à l'infirmerie.

— Non, je crois qu'il est mort.

— Qui t'a dit ça ?

Je lui fais une moue pour exprimer mon ignorance.

Il insiste :

— Qui t'a dit ça ?

Il comprend que je ne vais pas répondre, alors il marque un temps et change de sujet :

— Tu ne devais pas me raconter le frigo ?

— Non, enfin, je ne sais pas, qu'est-ce que tu voulais savoir ?

— C'était comment ?

— Froid, extrêmement pénible parce que interminable. J'ai l'impression d'avoir vieilli d'une année en quatre jours.

— Comment tu as fait pour passer le temps ?

— J'ai pensé, je me suis parlé, j'ai chanté même… En fait, je ne crois pas que ces renseignements te seront utiles un jour.

— Pourquoi ? On ne sait jamais.

— Tu n'iras jamais au frigo.

— Comment peux-tu en être sûr ?

— C'est comme ça, je le sens, et c'est tant mieux pour toi.

Crassus me regarde. Il ne prend pas mes dernières paroles pour un compliment. Je le fixe et me dis : « Allez, vas-y, petit toutou ! Va rapporter ce que le méchant Méto t'a raconté. Vas-y et j'aurai la preuve que c'est toi le traître. » Nos regards se croisent et semblent se défier. Crassus me sourit. De loin, on prendrait cela pour de la complicité.

Le résultat ne se fait pas attendre. Le visage de César 3 apparaît dans le miroir tandis que je me lave les dents. Il m'invite d'un geste sans équivoque à le suivre. Il va falloir que je joue serré. À peine assis, il attaque :

— On t'a rapporté que Spurius était mort ?

— Non, mais je crois qu'il est mort car, s'il allait mieux, je pense qu'on nous aurait permis de le voir. Pourquoi ? Il est vivant ?

— Donc, c'est toi qui l'as déduit mais sans preuves ?

— C'est ça.

— C'est juste une conjecture ?

— Oui.

— Évite de parler de tes conjectures. Évite même d'en faire. Tu es trop souvent dans mon bureau.

— C'est la dernière fois… Je vous le promets.

— Tu n'as pas besoin de promettre. Moi je sais que c'est la dernière fois. Bonne nuit, Méto.

— Bonne nuit, César.

Je rejoins les autres discrètement. Maintenant je suis sûr que Crassus est un espion. Je sais aussi que je ne dispose plus que de quelques jours pour agir, quelques semaines tout au plus.

Le lendemain dans l'après-midi, je croise Claudius dans un couloir. Il me frôle. Il m'a glissé quelque chose dans la poche. Un message. Il est plus long que d'habitude et c'est moi qui vais devoir l'avaler. Je m'enferme dans les toilettes.

Les oreilles au repos forment toujours un carré. Quand on en connaît deux, on en connaît quatre.

Incinération d'un Rouge bouclé blond cette nuit. Le remplaçant n'est pas prêt.

À l'instant où je sors de ma cachette, Marcus passe devant moi et baisse la tête. Je crois que notre amitié est en danger. Je m'aperçois qu'on ne s'est pas parlé de toute la journée. Il m'évite. Moi, je viens juste de le remarquer. Je suis entièrement accaparé par mes découvertes. Je dois le forcer à renouer avec moi. Je ne veux pas perdre un ami comme lui.

Au moment de l'extinction, je tourne la tête vers la droite. Il s'en aperçoit mais il reste sur le dos et ferme les yeux.

Ce matin, je découvre un nouveau message. Je me hisse hors du lit. Je suis heureux, presque euphorique, car j'ai le sentiment que la journée qui s'annonce va être pleine de découvertes. Marcus et Octavius sont déjà levés. Je vais les rejoindre comme si de rien n'était. Je deviens un roi du secret.

Octavius m'accueille avec un sourire :

— Alors ? Toujours parmi nous ?

— Oui, pourquoi ?

— À chaque fois que tu disparais dans le bureau de César, j'ai peur que tu n'en ressortes pas.

Je regarde Marcus dans le miroir. Je lui souris. Il se voile le visage derrière sa serviette. Je reprends :

— Les gars, même si je vous semble un peu

ailleurs en ce moment, vous devez savoir que je ne vous abandonnerai jamais. Je tiens trop à vous deux.

— Alors, on mange ensemble aujourd'hui ?

— C'est promis.

Marcus est resté muet mais n'a rien perdu de la conversation. Je rentre dans une cabine et déroule enfin le nouveau message : *Prends le laitage au couvercle légèrement décollé. Bon appétit.*

Claudius profite de la course du matin pour me signaler qu'il a été averti de ce qu'il appelle mon initiation.

— Et toi, tu l'as faite ?

— Oui.

— Et c'est comment ?

— N'aie pas peur. Aie confiance. Tu sauras bientôt presque tout.

Partagé entre la peur et l'impatience, je regarde se dérouler la matinée en spectateur. Au moment du repas, je presse mes copains pour arriver dans les premiers.

— Qu'est-ce que tu as aujourd'hui ?

— J'ai faim, c'est tout.

— Tu sais très bien qu'arriver en avance ne permet pas de manger avant les autres, m'objecte Octavius.

J'entends Marcus qui lui glisse à l'oreille :

— Il nous cache encore quelque chose.

Je ne relève pas, il a déjà compris.

Devant les desserts, je sélectionne avec minutie le mien. Octavius s'énerve un peu :

— C'est tous les mêmes, Méto !

Marcus lui adresse une grimace qui signifie : « Tu vois, j'avais raison, il nous cache quelque chose. »

— C'est bon, les gars, j'ai entendu.

J'espère que j'ai choisi le bon.

Lorsque je le déguste, je comprends vite que je ne me suis pas trompé. Je repère une texture inhabituelle, sablonneuse. Je le finis entièrement en évitant les grimaces. Marcus m'adresse enfin la parole :

— C'était bon ?

On ne peut rien lui cacher à celui-là, il me connaît par cœur.

— Oui, pourquoi ?

— Je trouve que tu as mis du temps à le terminer.

Je ne relève pas et me contente de sourire.

Pendant l'après-midi, sans bien comprendre pourquoi, je me sens vite mal à l'aise. Je me répète que je dois avoir confiance et que tout va bien. Durant l'étude, les premières démangeaisons apparaissent. Ce n'est pas douloureux mais je me gratte sous les vêtements. César 3 s'installe en face de moi sur une chaise et m'observe. Ça m'est déjà arrivé quand j'étais plus jeune. Parfois, cela n'a aucune conséquence : il regarde et c'est tout. Là, je sens qu'il va parler :

— Méto ? Tu vas bien ?

— Je me gratte, mais ça va passer.

— Suis-moi à l'infirmerie.

Tous les regards se tournent vers moi avec étonnement ou dégoût. Ils me donnent l'impression qu'une corne m'a poussé au milieu du visage. Ce n'est que devant la glace des toilettes que je prends conscience de la gravité du problème. Mon visage est cramoisi, marqué de petites plaques tirant sur le violet.

Je suis maintenant assis devant César qui téléphone pour expliquer mes symptômes. Il raccroche et sort un épais ruban de son tiroir. Il me bande alors les yeux et me met debout. Je le suis dans les couloirs. Il ouvre une porte et me fait asseoir. Il y a quelqu'un d'autre. Des mains sèches m'effleurent les joues et le cou. Elles sentent le vinaigre. L'homme ne parle pas. J'imagine qu'il fait des gestes. C'est comme si César traduisait pour lui-même :

— Il est contagieux. Il doit se reposer et c'est tout.

J'entends l'homme s'éloigner en claudiquant. César me retire le bandeau. Je suis dans une pièce toute blanche avec un lit et une petite table. Il y a aussi une armoire à pharmacie d'où il sort une seringue et un flacon rempli d'un liquide rosâtre.

— Tu vas dormir jusqu'à ta guérison. Ce produit va te plonger dans un sommeil très profond et ainsi tu ne seras pas tenté de te gratter. C'est mieux pour toi.

De toute façon, il ne me demande pas mon avis. Il me saisit le bras et enfonce son aiguille. Je ne sens presque rien. Il sort. Je reste assis là quelques secondes, immobile.

J'ai du mal à donner du sens à ce qu'il m'arrive. On m'a rendu malade en me faisant manger un aliment. Je suis maintenant à l'isolement. Je vais, d'après César, passer tout mon temps à dormir. À quoi tout cela peut-il bien servir ? Je me force à me répéter les paroles de mon ami : je dois avoir confiance et je vais bientôt tout savoir.

Je sens mon bras piqué qui s'engourdit et mon regard commence à se brouiller. Je rejoins mon lit. Mes yeux se ferment. Je suis bien.

Je suis réveillé. César est près de moi, il me parle :

— Tu vas aller aux toilettes. Tu vas aussi manger et boire. Ensuite, tu te rendormiras. Allez, lève-toi maintenant !

C'est difficile mais j'y parviens. Mes mouvements sont lents. Je vois César qui consulte sa montre. Il semble pressé que j'en finisse. À peine un quart d'heure a passé que déjà il m'invite à lui tendre le bras pour une nouvelle injection.

Je suis de nouveau réveillé mais je suis seul. Je suis peut-être un peu en avance sur l'heure prévue de mon réveil. Et si c'était normal ? Si le plan préparé par ceux de la nuit allait se mettre en place ? Comme par réflexe, je glisse ma main sous mon oreiller. Bingo, un message !

Nous avons dilué le sédatif et tu disposes d'une heure. C'est l'heure morte de la nuit. Plus personne ne circule. Pousse les portes, regarde. Ne perds pas de temps et ne te perds pas. Mange le message.

Je le déchire minutieusement en quatre et je commence à mâchonner un premier morceau. J'observe la pièce. Il y a deux portes. J'en pousse une au hasard, elle donne sur le couloir. J'essaie l'autre. Il y a un escalier. Je monte et débouche sur une autre porte que j'ouvre. Je suis à présent dans une pièce à peine éclairée. Les lumières proviennent de deux veilleuses fixées au plafond et des cadrans allumés de deux grosses machines qui ronronnent contre un mur latéral. Au centre trône un grand fauteuil surmonté d'un drôle de casque strié qui ressemble à un cerveau. En m'approchant, je distingue des zones délimitées par d'épais traits noirs. Chacune est étiquetée. Je parviens à lire : mémoire 1, motricité, vue, goût, langage, mémoire 2, odorat, ouïe… Ça me fait penser au poster de la classe d'agriculture, le poster des morceaux du cochon. Au milieu de chaque zone du casque, il y a un petit trou. Dans l'un d'entre eux, une aiguille est restée enfoncée.

Je dois tout retenir. J'essaierai d'analyser ensuite. J'entends un souffle régulier derrière moi. Quelqu'un dort. C'est un petit. Il a le crâne entièrement rasé et un pansement collé sur l'arrière de la tête. Il porte un teeshirt gris avec un numéro : 257. À côté de son lit, sur une tablette, sont posées deux feuilles cartonnées. Sur chacune d'elles, un prénom est écrit. Il s'appellera Rufus ou Quintus, ce n'est pas décidé. Ceux de la nuit l'avaient écrit : *Le remplaçant n'est pas prêt.* Spurius est mort trop tôt.

Il y a une autre porte. Cette seconde salle ressemble plutôt à un atelier. Des dizaines de scies, de couteaux, de lames de toutes sortes sont suspendus au mur qui me fait face. La pièce est carrelée de blanc du sol au plafond. Une longue table trône au milieu. Je découvre plusieurs planches anatomiques sur le mur de droite. L'une d'elles est semblable à celle que nous utilisons pendant les cours, à ceci près qu'on y a ajouté des pointillés rouges sur les os de la jambe et que des vertèbres sont colorées de la même couleur. Une autre présente un squelette réduit, mais pas d'une manière harmonieuse, comme serait celui d'un petit enfant. Ici, les bras sont trop longs par rapport au tronc et aux jambes. Le soldat que j'ai entraperçu dans la salle des lavabos le matin où ils ont emporté Quintus dans un sac avait un peu cet aspect. C'est peut-être là qu'on les fabrique. Sur le mur opposé, je découvre une sorte de fenêtre éclairée par des lampes, sur laquelle sont collées des photos transparentes de tibia, de péroné et de fémur. Tous les os sont comme striés de quelques traits blancs.

Au fond, j'aperçois une porte discrète. À peine le seuil franchi, je sens des présences. L'éclairage très faible me permet tout de même de distinguer des lits, pour la plupart occupés. L'odeur est un peu agressive : un mélange de cuisine et de vestiaire après l'effort. Les gens qui sont là dorment, certains bruyamment. Ils ont tous des cotons humides sur les yeux et d'épais pansements leur tiennent lieu de vêtements. Ce sont des soldats. Plusieurs portent des attelles métalliques aux jambes. Des vis sont fixées à même la peau. Je m'arrête devant l'un d'entre eux parce que je le connais. Pourtant son nom ne me revient pas. Il était avec nous avant. Je reconnais son front légèrement bosselé, son nez court et ses petits yeux rentrés. Il s'appelle… je ne sais plus… Il n'a pas seulement vieilli, ils l'ont changé. Sa tête paraît plus large et ses pommettes sont absolument carrées, comme si on lui avait glissé des plaques sous la peau.

Est-ce une chambre de torture ou un hôpital ? La puanteur est vraiment trop forte. Elle m'envahit et m'empêche d'analyser ce que je vois. Je veux sortir maintenant. Je mets quelques minutes à retrouver mon chemin. Je n'ai aucune idée du temps qui s'est écoulé depuis mon réveil. Doucement, je refais le parcours inverse en prenant garde à bien refermer les portes et je me recouche. Je ne retrouverai pas le sommeil.

Je commence à comprendre un des choix qui s'offriront à moi : être un monstre-soldat ou un esclave. Souffrir beaucoup pour être transformé ou souffrir

le restant de mon existence pour avoir refusé la souf-
france.

J'entends une porte s'ouvrir. Je garde les yeux
fermés. On me secoue sans ménagement. César 3
est de retour.

— Tu vas mieux. Tu rejoindras le groupe demain
matin. Ne traîne pas.

J'ai envie de parler :

— Et les autres vont bien ?

— Pourquoi cette question, Méto ?

— Comme ça, pour rien.

— Alors, ne gaspille pas ton temps en bavardages.

César est-il préoccupé ou veut-il me faire payer le
temps que je lui fais perdre ? Il s'y reprend à trois fois
pour réussir son injection. Mon bras me fait horriblement souffrir. Heureusement, ça ne dure pas et je
m'endors.

Je suis réveillé. Je vais aux nouvelles. Le message
est court et n'occupe qu'un dixième de la feuille.

*Trouve les traîtres. Stylo sous la table. À ranger
après. M.l.m.*

Avant de m'installer pour travailler, je pars à la
recherche du stylo. Il est fixé par deux élastiques sur
le côté gauche du plateau. Il est plus petit que mon
auriculaire.

Je sais comment chercher. *Les oreilles au repos forment un carré.* Je dois dessiner le plan du dortoir, un quadrillage de douze sur six, avec un rectangle vide de quatre sur deux à l'endroit de l'entrée. Je place les noms des soixante-quatre enfants. Pour cela, je ferme les yeux à plusieurs reprises car j'ai besoin de visualiser. Je ne veux pas me tromper. Jamais plus je ne disposerai d'un tel moment de tranquillité. J'avance doucement, même si je n'ai pas vraiment d'hésitation. C'est prêt. Je relie Crassus à Paulus. Il n'y a pas de possibilité de développer le carré vers le haut car on dépasse les limites. Je trace donc, à angle droit, deux côtés de même longueur vers le bas. Julius chez les Violets et Publius chez les Rouges. Je les connais très bien, mais ils n'ont jamais appartenu au cercle de mes proches.

J'ai eu l'occasion d'échanger quelques mots avec Publius depuis mon retour du frigo, car c'est lui qui a remplacé Quintus chez les Rouges et dans mon équipe d'inche. Il joue nettoyeur. Il aime beaucoup parler mais surtout être à l'écoute des autres. Maintenant je comprends mieux pourquoi.

Ce qui me trouble, c'est que, lorsque j'espionnais Crassus, je n'ai jamais vu Julius ni Publius en grande discussion avec lui. Ils doivent donc utiliser des codes, comme nous.

Maintenant que j'ai accompli ma mission, je vais devoir avaler le message. Sans eau. Je le découpe en tout petits morceaux et je mâche méthodiquement.

C'est long et amer. Je ne dois pas m'endormir avant d'avoir fini. Je ne sais pas de combien de temps je dispose avant le retour de César. Je me mets à suer. Je dois me calmer. Je suis à présent allongé dans le lit et je guette le moindre bruit. Deux boulettes résistent. Elles ne peuvent franchir la barrière au fond de la gorge. Des pas se rapprochent.

— Bonjour, Méto.

Je me contente de lui sourire et j'en profite pour caler les restes de papier dans le creux de mes molaires du bas à droite.

Il m'observe attentivement. Pourrait-il voir quelque chose ?

— Tu vas bien ?

— Oui, mais j'ai un peu soif.

Il détourne le regard et enchaîne :

— Lève-toi. Tu as juste le temps de passer au décrassage et de t'habiller avant la course.

Sous la douche, j'ouvre la bouche. Je suis enfin libéré du message. Je remarque que j'ai une petite tache d'encre entre le pouce et l'index. Je frotte pour l'atténuer. J'ai du mal à me persuader que César ne l'a pas vue. Je frictionne violemment mes joues et je sautille sur place pour me réveiller. J'ai une compétition dans un quart d'heure et mes copains comptent sur moi.

Ils sont là. Ils m'attendent.

— T'as l'air en pleine forme, commence Octavius. Tant mieux parce qu'il faut qu'on s'arrache ce matin, sinon ils vont nous rétrograder. Hier, notre temps à trois a été déplorable. C'est le mot qu'a employé César.

— J'ai senti des regards de défi toute la journée, comme si notre tour était venu de passer la main, surenchérit Claudius.

— Sûrement pas, déclare Rémus, je n'ai jamais fait partie d'un autre groupe.

Je les rassure :

— Ne vous inquiétez pas, les gars, je suis plein d'énergie. J'ai passé mon temps à dormir.

Nous rejoignons nos places.

C'est parti. C'est vrai que je suis en forme et je ressens un réel bonheur à courir. Je vois arriver Claudius. Il va me parler :

— Tu les connais ?

— Oui.

Deuxième tour, j'annonce :

— Julius.

— Julius, répète-t-il.

Troisième tour :

— Publius.

— Publius.

Quatrième tour :

— Bon boulot. Allez, on met la gomme !

— OK.

Les quatre visages sont crispés, personne ne veut rien lâcher.

— 1, 2, 4, 3, annonce César. Temps amélioré.

Rémus arbore un large sourire.

— C'était bien, les gars. Méto, tu passes en trois. Tu as entendu?

— Oui, oui. Alors, Octavius? Pas trop déçu?

— Non, répond mon ami en souriant. Je soupçonne les médicaments qu'on t'a donnés d'y être un peu pour quelque chose.

— Si tu le dis, camarade.

— Demain, annonce-t-il, je prendrai ma revanche!

Claudius me rejoint.

— Tu sais presque tout maintenant.

— Oui, et ce n'est pas gai.

— Grâce à nous, ça va changer.

Le lendemain, Claudius m'attend devant les lavabos. Aucune « oreille » à l'horizon.

— J'ai reçu un message. Nous devons préparer le grand jour.

— Le grand jour ?

— Le jour où les enfants et les serviteurs prendront le pouvoir.

— Contre les soldats, on ne pèsera pas lourd.

— Ils quittent l'île une ou deux fois par an.

— Tous ?

— Presque tous. Il faudra saisir notre chance.

— Ce sera... bien... si... on...

Crassus vient de m'apparaître dans le miroir.

— Vous parlez de quoi ?

— Je disais que ce serait bien d'améliorer encore notre temps.

— Tu veux passer deuxième maintenant, c'est ça ?

— Pas forcément.

S'il savait comme aujourd'hui tous ces rituels pour lesquels je me passionnais m'indiffèrent. Je n'y participe que pour ne pas me faire remarquer. Claudius me tape sur l'épaule :

— Faut y aller tout de suite, Méto.

— Salut, Crassus.

De nouveau tranquilles pendant quelques secondes, nous reprenons notre discussion à l'endroit précis où nous nous étions interrompus :

— Ce sera quand ?

— Pas dans les tout prochains jours. Nous devons d'abord recruter des gens sûrs pour nous aider.

Nous avons rejoint nos amis au point central. Je manque presque le départ de la course. Je crois que je vais vite retrouver ma vraie place dans la hiérarchie. Qui ? Qui mettre dans la confidence ? À qui faire prendre ce risque ? Ceux qui participeront ne pourront pas faire marche arrière.

Claudius m'engueule en me croisant :

— Bouge-toi ! Ce n'est pas le moment de faire n'importe quoi !

C'est comme si je me réveillais. Je fonce. Je me fais mal. Lorsque je m'arrête, je reste recroquevillé, un genou à terre pendant plusieurs minutes. C'est le vide. Octavius vient me relever.

— Ça va aller ?

Je retrouve une respiration presque normale.

— Oui, oui, merci. Et le chrono ?

— Comme d'habitude, mais tu es repassé derrière moi.

— Ce n'est pas grave.

Octavius ? Oserai-je mouiller Octavius ? Si ce n'est pas lui ou Marcus, en qui j'ai toute confiance, à qui pourrai-je parler ?

Claudius nous a rejoints. Il retrouve le ton autoritaire et bienveillant qui nous rassure tous.

— Méto, tu dois te concentrer sur ta course. Je veux que tu restes dans mon équipe.

— J'ai compris, chef, dis-je en souriant.

Toute la journée, une idée me taraude. Et si je m'étais trompé en repérant les traîtres ?

Je décide que ma première cible sera Marcus. Je dois commencer par lui, au nom de notre amitié. Le problème, c'est qu'il m'évite depuis plusieurs jours. Je ne peux lui parler qu'au moment du coucher, et encore, s'il accepte d'orienter la tête vers moi. Le soir même, je fais ma première tentative. Je me tourne vers lui :

— Marcus, écoute-moi ! Il se prépare de grands changements et nous cherchons des enfants pour nous soutenir.

— C'est qui, nous ?

— Claudius et moi, et puis des serviteurs qui travaillent la nuit. Nous sommes en contact avec eux, depuis quelque temps…

— Pourquoi tu me le demandes à moi, le trouillard ?

— Ce n'est pas ce que je pense de toi. Tu es mon ami et même si tu choisis de rester à l'écart de tout ça, je voulais te prévenir en premier.

Je n'y tiens plus et je relève la tête. Au bout de quelques secondes, je tords mon cou vers lui pour guetter son assentiment ou son refus. Il regarde le plafond et a placé ses mains sur ses oreilles. Après quelques instants, alors que j'ai renoncé à lui parler, il se décide à répondre :

— Cela ne m'intéresse pas.

Au milieu du dortoir silencieux, à quelques minutes du réveil général, je mets au point mon futur recrutement. Dans ma tête, j'établis une première liste : Octavius, que je ne peux laisser à l'écart plus longtemps, et Titus, qui encadre avec moi la lutte depuis des mois. Je connais sa droiture, je peux lui faire confiance. Je veux qu'ils me disent oui et, en même temps, je souhaite qu'ils refusent pour sauver leur peau en cas de malheur.

Devant les lavabos, je comprends que Claudius n'a pas les mêmes hésitations :

— Combien ? interroge-t-il.

— Aucun. J'ai fait une tentative qui a échoué.

— C'était qui ?

— Marcus.

— Ça ne me surprend pas. Moi, j'en ai deux, Octavius…

— Octavius ? J'étais sûr qu'il dirait oui. Et le deuxième ?

— Mamercus. Important, celui-là, il débarque de chez les Violets. Il les connaît par cœur.

— Et il se doutait pour Julius ?

— Oui, il n'a pas été étonné… Tu crois qu'on va exploser notre score ce matin, Méto ? demande soudain mon copain, qui vient d'apercevoir Paulus entrer dans la salle.

— Oui, si je m'arrache comme à la fin de la séance d'hier… Tiens, salut Paulus !

Curieusement, c'est à moi que celui-ci s'adresse. Son expression m'avertit que l'heure est grave :

— Je viens te voir. Je m'inquiète pour Marcus, ton copain. Je l'ai trouvé bizarre ce matin.

En essayant de cacher mon angoisse, je demande :

— Il t'a causé ?

— Non, pas vraiment… Il parlait tout seul à voix basse. Il répétait un truc du genre : « J'ai peur ! J'ai peur ! », comme un refrain de chanson. Alors, je lui ai demandé doucement : « Mais de quoi, Marcus ? » Et là, comme s'il reprenait ses esprits, il m'a répondu : « De rien… de rien, Paulus. »

Sans réfléchir, je fonce retrouver mon copain qui

arrange son lit. Je me plante devant lui. Il semble calme.

— Je ne t'obligerai à rien et je te protégerai si tu en as besoin. Tu es mon ami.

— Je sais tout ça, Méto…

— Juste une chose très importante. Ne te confie jamais à Paulus, c'est un traître. Je me sauve tout de suite, sinon je vais être en retard.

La course se déroule sans anicroche. Je profite de cet effort pour faire le vide. Mes copains sont rassurés et souriants.

Je me suis fixé d'aborder Titus au moment de la séance de lutte. J'aime son esprit carré et son regard franc. C'est un gars qui n'a jamais trahi sa parole. À peine ai-je commencé qu'il me donne sa réponse : c'est oui. Mais il veut tout savoir. Je lui demande d'espacer nos rencontres au cours de la journée et de ne me poser qu'une seule question à chaque fois. Tout au long de mes déplacements dans la Maison, je croise des regards qui me semblent complices. Combien d'enfants savent déjà? Les choses vont-elles trop vite? J'ai peur de ce que feront les petits et les plus faibles quand ils auront l'information. N'iront-ils pas directement en parler à ceux qui les nourrissent et leur assurent le repos et la sécurité depuis des mois ou des années? Peut-être auront-ils l'impression d'avertir les César pour notre bien à tous?

Au repas, tout en s'asseyant, Titus me demande :

— Est-ce qu'il faudra tuer ?

Je suis pris au dépourvu et marque un temps avant de répondre :

— Je pense que oui.

— Je suis capable de faire ça, tu sais. Je crois que je l'ai fait souvent avant.

Le lendemain matin, j'ai un message sous l'oreiller :

Avant trois jours. Trouve comment ouvrir la boîte aux clefs. Bureau de César.

Je raconte à Claudius qui semble perplexe :

— Tu sais de quoi ils parlent ? me demande-t-il.

— Oui. Mes nombreuses convocations au bureau m'ont permis d'acquérir une certaine « culture césarienne ». C'est une boîte en métal posée sur le bureau. On y trouve, par exemple, la clef du frigo. Les César l'ouvrent grâce à une combinaison à cinq chiffres. Mais, pour plus de sécurité, ils changent souvent la suite des chiffres. Je les ai vus plusieurs fois marquer un temps d'arrêt avant d'ouvrir la boîte, me tourner le dos et contempler le mur où sont rangés les dossiers de couleur. La solution doit se trouver là.

— Je ne comprends rien. Occupe-t'en et laisse-moi faire le recrutement.

— D'accord. À propos des nouveaux à mettre dans la confidence, il faut absolument écarter les Bleus.

— Pour moi, il n'a jamais été question qu'ils se joignent à nous. Je croyais te l'avoir déjà dit.

Claudius s'éloigne. Je suis un peu rassuré.

Depuis que j'ai résolu le problème d'identification des traîtres, nos alliés de la nuit ont confiance en moi. Je ne sais pas si, cette fois-ci, je serai à la hauteur.

Je ne vois pas passer la journée. Je vis machinalement, comme un engin programmé pour les différents rituels qui constituent notre vie ici, sauf que j'ai un autre cerveau qui, lui, travaille à résoudre une énigme. Marcus m'évite. Octavius est bien silencieux, il doit comme moi peser la gravité de l'acte que nous nous apprêtons à commettre. Je me prends à désirer que tout soit remis à plus tard. Quand je m'en ouvre à Claudius, il me répond sèchement :

— Si tu vivais la condition d'esclaves qu'on leur impose là-haut, tu serais pressé de réussir pour les libérer.

Je crois qu'il en sait beaucoup sur le sujet. Il n'a jamais eu l'occasion de me raconter.

Je suis convaincu que, si je ne peux pas retourner dans le bureau de César et y rester un moment, je ne parviendrai pas à résoudre le problème qu'on m'a soumis. Claudius en est conscient mais il n'a pas la solution pour me faire pénétrer dans l'antre des chefs.

— Nous savons qu'ils occupent le bureau toute la journée. Et tu ne peux pas simuler une autre maladie.

— Envoyons Octavius. Je lui expliquerai ce que je sais.

— Non, c'est toi qui dois y aller. Je vais demander l'aide des serviteurs.

— Comment tu leur fais parvenir tes messages?

— Avec celui qui s'occupe de mon linge, on a mis au point un système de boîte aux lettres. S'il trouve un cheveu enroulé au premier bouton de ma chemise, il sait qu'il y a du courrier. Le message est placé sous mon oreiller. C'est génial comme système, n'est-ce pas?

— Quel système?

Encore Paulus... Il doit se douter de quelque chose.

— On met au point une nouvelle technique pour l'inche.

— Un Claudius 2.1 ou un Méto 2.2?

— Un Médius 1.1.

— Ou un Clauto 1.1.

On part dans un grand éclat de rire. Je vois Paulus froncer les sourcils, il se sent exclu de notre relation. Je lui vole celui qu'il pense être son meilleur ami. Je les quitte pour ne pas envenimer les choses.

Plus tard dans l'après-midi, un Violet dénommé Caïus me frôle l'épaule et cligne des yeux. C'est certainement un « nouveau partisan ». Combien sommes-nous maintenant? J'éprouve soudain un sentiment de puissance et de bonheur que Mamercus vient contrarier quelques minutes après :

— Méto, il faut parler à Claudius. J'ai l'impression que ça s'emballe. L'euphorie qui gagne certains leur fait perdre toute prudence. J'ai déjà dû effrayer un Violet qui parlait un peu fort de nos secrets. Comme si, l'issue approchant, on pouvait se laisser aller. Je ne vois pas comment on va éviter une catastrophe.

— Entendu, Mamercus. Je lui parlerai.

— Tu ne sais pas combien de temps on doit encore tenir ?

— Non. Personne ne le sait.

— Tu n'as pas l'air inquiet. Ton calme me rassure.

En guise de réponse, je me contente de lui sourire. L'image qu'il me renvoie de moi me paraît bien flatteuse, mais à quoi cela servirait-il que je le lui dise ?

Il s'éloigne. J'informerai Claudius comme promis, mais je crois que c'est déjà trop tard.

Durant l'étude, après avoir expédié mes devoirs, j'essaie de visualiser le mur que contemplent les César quand ils ont oublié la combinaison de la boîte à clefs. Je voudrais utiliser un dessin. Cela m'aiderait, mais c'est impossible. Il n'existe pas de feuille pour dessiner librement. Les cahiers ont des pages numérotées et sont vérifiés à la fin de chaque cours. J'aimerais d'ailleurs bien savoir sur quoi Claudius écrit ses messages.

Je décide de tenter quelque chose. Je vais utiliser une petite zone d'une feuille blanche pour me livrer à mes recherches et ensuite je camouflerai tout sous un des dessins imposés pour les concours : la chaudière de la Maison, par exemple. Il y en a deux autres qu'on peut faire et refaire, pour s'entraîner : le couple de cochons et ses deux petits, ou bien trois épis de maïs liés par une ficelle. Je choisis la chaudière car, il y a environ six mois, j'avais décidé, sans succès, de devenir champion sur ce motif. Je le connais donc dans ses moindres détails.

Ces compétitions sont organisées deux fois par an et sont ouvertes à toutes les couleurs. Les César jugent la dextérité et la rapidité. Ils appliquent ensuite un coefficient en fonction de la couleur de l'élève, et le champion est applaudi par tous. On ne gagne rien. Maintenant que j'y pense, ces concours doivent avoir leur utilité. Je sais qu'ici rien n'est fait pour rien. Cela doit entrer dans le processus de sélection pour « après ».

On trouve sur le mur du fond des dossiers rangés par couleur. Chaque série est numérotée. Il y a cinq étagères. Les dossiers peuvent avoir des épaisseurs très diverses. Les rouges occupent la première rangée, celle du haut. Je m'en souviens car une fois où César m'avait fait patienter plus d'une demi-heure, je m'étais dit que les dossiers rouges étaient dans la même position que nous, les anciens. Ils dominent les autres couleurs, mais à une altitude où la chute est douloureuse à coup sûr. Il y a des gris et des marron à côté. Sur la deuxième étagère, on trouve des bleus, des violets et des roses, je crois. Marcus, qui veille sur moi, même quand je ne le sais pas, me glisse à l'oreille :

— Il te reste un quart d'heure avant la fin.

— OK, OK, mon ami.

Je noircis mon travail et je le transforme. Quelques minutes plus tard s'offre aux yeux de tous un des côtés de la chaudière avec une partie dans l'ombre. Je fais le reste de façon mécanique. César s'est levé et chacun range ses affaires dans sa case. Le cahier doit, lui, rester bien en évidence pour le contrôle.

Le matin suivant, devant la glace, je remarque que Claudius et moi, nous nous ressemblons : même visage préoccupé et triste. Je lui murmure :

— Claudius, Mamercus est inquiet.

— Je sais. À cause des Violets. Moi aussi. J'ai reçu une réponse pour notre affaire. Un soir prochain, pendant l'étude, tu disposeras de dix minutes.

— Mais comment ?

— Je ne sais pas. Tiens-toi prêt et, le moment venu, tu comprendras. On a un autre problème. Paulus a annoncé à tout le monde qu'on préparait une nouvelle ouverture pour l'inche. Il ne faudrait pas les faire attendre trop longtemps. On ne doit pas attirer les soupçons.

— Et tu as une idée, toi ?

— Non, mais je compte sur toi.

Il va rejoindre les autres et me laisse là, perplexe.

Les cours s'enchaînent. Je n'écoute rien mais j'essaie que ça ne se voie pas trop. Penser à cette nouvelle ouverture pour la partie de ce soir me semble bien futile, surtout en regard de ce qui se passera peut-être pendant l'étude. Je n'arrive pas à imaginer que je puisse accomplir ma mission sans me faire prendre. Un César et un traître dans la salle, un autre César dans le bureau. Je n'ai pas la capacité de me rendre invisible !

En sortant du cours d'agriculture, j'entends des cris qui viennent des couloirs et je vais voir. Crassus est par terre et se tient la tête. Trois élèves entourent Marcus qui se débat. César 4 arrive et désigne d'un geste sec deux enfants pour accompagner la « victime » à l'infirmerie. Puis, se tournant vers le « coupable », il lève son pouce. La sentence est tombée : un jour de frigo. Marcus a le visage fermé. Il sait qu'il n'y a rien à tenter, que c'est trop tard, qu'il s'est fait piéger. Je le prends dans mes bras. Il me chuchote à l'oreille :

— Un jour, je le tuerai.

— Écoute bien mes conseils. Je ne suis pas sûr de te revoir avant qu'il ne t'emmène ce soir.

— Pourquoi, tu quittes la Maison aujourd'hui ?

— Non, mais on ne sait jamais. Écoute-moi. Au dîner, ne mange pas trop et retiens-toi de boire jusqu'à ce qu'on aille aux lavabos, où tu pourras te rattraper. L'eau des carafes est bourrée de somnifères et tu dois absolument éviter de dormir là-bas.

— D'accord, je m'en remets au spécialiste, dit-il, presque en souriant.

— Ah oui ! Encore une chose : ne sois pas effrayé par Romu, l'enfant du frigo. S'il te fait peur, c'est pour t'éviter de t'endormir et d'avoir les extrémités gelées. C'est un ami. À plus tard.

Nous formons un mur de trois attaquants accrochés solidement par les bras. Le transperceur est recroquevillé derrière moi. Les nettoyeurs sont en retrait, ramassés sur eux-mêmes. Au signal, nous progressons. Les coups s'abattent et nos adversaires essayent de nous séparer pour accéder au transperceur et à la boule. Quand nous ne pouvons plus résister, je pivote vers nos lignes arrière et fais mine de récupérer l'objet, puis je plonge en avant. Ils me retournent comme une crêpe et découvrent que je n'ai rien. Ils s'abattent alors sur Claudius, le meneur, pour un résultat équivalent. Et là, pour eux, c'est trop tard. Un des nettoyeurs m'a expédié la boule et je marque sans trembler. On a gagné. Mes copains se relèvent avec un sourire parfois noyé de sang. Je suis dans mes petits souliers. Vais-je voir mon ouverture validée et me couvrir de gloire, ou vais-je essuyer des injures et des quolibets ? Je regarde César qui fait durer le suspense :

— La Méto 2.2. rentre dans le grand livre. Sous réserve, dit-il sans émotion.

Toujours la même tactique. Faire planer un doute pour éviter qu'on ne se réjouisse trop.

Les regards de mes copains me montrent que pour eux le doute n'est pas permis. Octavius est carrément enthousiaste :

— Je n'imaginais pas qu'il y avait encore quelque chose à inventer. Tu es génial, mon pote !

Nous allons sous la douche. Titus, grand perdant, vient faire ses remarques :

— Vous avez gagné grâce à l'effet de surprise, en faisant croire que la boule était entre les dents du transperceur. Mais c'est facile à contrer quand on le sait.

— Sans doute, sans doute, Titus. Enfin, reconnais que ce soir nous étions meilleurs.

Il s'écarte en souriant. Il n'est pas convaincu. Loin de toute cette agitation, presque caché dans un recoin, Publius se frotte les yeux. Je comprends tout de suite que ce n'est pas à cause du savon. Je m'approche du « traître Rouge ».

— Qu'est-ce qui t'arrive ? Tu as été secoué pendant l'attaque ?

— Non, après l'attaque, répond-il en s'efforçant de ne pas pleurer. Ils me sont tombés dessus alors que j'enlevais mon casque. Des gars de mon équipe. Sans le faire exprès, soi-disant.

Il baisse la tête et me montre une estafilade au-dessus de sa nuque.

— Je ne sais pas ce qu'ils me veulent.

— Tu ne vas pas aller te plaindre à César ? Ce ne serait pas bon pour l'esprit de votre équipe. Va voir Titus d'abord. C'est ton capitaine.

— Peut-être. Mais il faudra quand même qu'on me soigne.

— Bien sûr, fais-toi soigner, Publius.

— Tu sais, je n'ai pas envie de finir comme Spurius.

Au moment de dormir, des images de la journée me reviennent en mémoire. Je sens que la bataille a commencé. Les provocations qui se répondent. Les vengeances qui se précisent. Il faut calmer le jeu au plus vite, sinon… sinon quoi ?

La réponse à cette question arrive le lendemain vers cinq heures du matin. Branle-bas de combat dans le dortoir. Les enfants sont rassemblés dans les couloirs puis forcés de s'allonger, les yeux fermés, face contre terre, avec les mains dans le dos. Des cris. Des sifflets percent nos tympans. Des soldats marchent sur nous en hurlant. Certains d'entre nous sont relevés sans ménagement et des exécutions sont simulées. Je suis victime d'un simulacre d'étranglement avec un lacet. Même si j'essaie de me persuader qu'ils sont juste là pour nous effrayer, j'ai peur et, un instant, j'ai vraiment cru qu'ils allaient me tuer. Beaucoup d'enfants pleurent doucement. Soudain, tout s'arrête. On entend les soldats se regrouper et s'éloigner. On se remet debout et on rejoint les lavabos. Pourquoi ont-ils fait ça? Qu'ont-ils découvert?

Claudius m'explique la consigne que chacun fera passer à celui ou à ceux qu'il a convertis personnellement : stopper tout recrutement, se mêler aux autres et communiquer le moins possible entre comploteurs.

— Et surtout, ajoute-t-il, si on sent une angoisse dangereuse chez notre interlocuteur, il faut lui faire croire que tout est annulé, qu'on a renoncé. Cette journée doit être sans tache.

Une ambiance étrange règne. Les enfants payent le réveil violent et matinal. Les performances sportives sont déplorables. Une certaine apathie envahit les couloirs et les salles de classe. Je suis content que Marcus ait échappé à cette démonstration de sauvagerie.

Un Violet nommé Aulus s'installe en face de moi pendant le repas. Malgré les recommandations qu'on a dû lui faire, il tente d'entrer en contact avec moi. Ce sera un message muet ou presque. Je dois comprendre en regardant ses lèvres. Après un instant d'hésitation, je décide de l'«écouter». Je ne suis pas trop doué pour cet exercice, ce qui l'oblige à recommencer deux fois. La teneur de son message est la suivante :

— Ce matin, j'ai compris que tout le monde avait peur, même toi. Je l'ai senti quand il s'acharnait sur ton cou. J'étais juste à côté. Et pourtant, vous n'abandonnerez pas, n'est-ce pas ?

Pour toute réponse, je le fixe d'un regard grave pour lui signifier que notre détermination est intacte. Je lui fais aussi comprendre que la conversation doit s'arrêter là.

Il acquiesce et serre les doigts de sa main droite en signe de solidarité.

Le soir, la partie d'inche est désordonnée car les enfants sont fatigués et énervés à la fois. Deux d'entre eux se blessent lors d'un choc violent. Bilan : une clavicule cassée et un poignet fracturé.

Après le repas, César 2 se fend d'un petit discours sur le climat déplorable de ces derniers jours :

— Ce vent de violence sera combattu par une violence encore plus forte. Nous en surveillons certains, ils se reconnaîtront.

C'est dans un silence glacial que chacun regagne le dortoir. Je lance à Claudius :

— Peut-être à demain.

— C'est ça, peut-être à demain.

Marcus est déjà dans son lit. Il a les yeux fermés. Il récupère. Il a survécu.

Ce matin, le courrier est passé : *Aujourd'hui, dix minutes après le début de l'étude. Le bureau sera vide.*

Comme d'habitude, je retrouve Claudius aux lavabos. Il a reçu un message, lui aussi, plutôt rassurant : *Ils sont nerveux mais ils ne savent rien.*

— Tu crois que je pourrai quitter l'étude comme ça, sans raison valable ?

— Fais-leur confiance. Ils connaissent la Maison mieux que nous.

Je repère Marcus qui s'asperge d'eau glacée pour se donner du courage. Je m'approche de lui et lui souris :

— J'étais sûr que tu tiendrais le coup.

— Je suis fatigué. Méto, j'ai un message pour toi de la part de Romu.

Je vérifie que personne ne peut nous entendre.

— Vas-y !

— *Méfiez-vous de Rémus.*

— C'est tout ?

— Oui. Méto, faut que t'y ailles.

Après la course, je rapporte à Claudius les propos de Marcus. Il me rassure :

— À part toi, Octavius et moi, tout le monde craint Rémus et personne n'ose l'approcher. Par ailleurs, Octavius m'a dit qu'il avait seulement converti un Violet.

— Et toi, tu n'as pas eu envie de le mettre au courant ?

— Non. J'ai toujours pensé qu'il était ingérable : trop impulsif, trop violent.

— Je suis assez d'accord, même si je ne peux m'empêcher d'avoir de la sympathie pour lui.

— Et, à propos de Rémus, tu as trouvé des volontaires pour se faire casser en deux pour son ultime partie d'inche ?

— Je n'ai pas eu le temps de m'en occuper et j'espère que tout sera fini avant.

Lorsque j'entre dans la salle d'étude, je suis très mal à l'aise. J'ai l'impression de ne rien contrôler. Que va-t-il se passer ? Que vais-je pouvoir dire ? Aucune excuse n'est recevable et ils n'ont jamais fait d'exception. Si je demande à aller aux toilettes, je déclencherai un éclat de rire général. Je ferme les yeux et j'attends un miracle qui n'arrivera pas. Les minutes s'écoulent avec lenteur. Je suis incapable de fixer mon attention et j'ai très chaud. Je dois lever la main. Je vais lever la main. Je lève la main.

— Oui, Méto ? interroge César 3 avec un léger sourire.

La porte de l'étude s'ouvre. César 5 entre et murmure quelques mots à l'oreille de son homologue. Ce dernier déclare :

— Je dois m'absenter quelques minutes avec Publius. Je vous fais confiance. Ne nous décevez pas ou nous serons impitoyables.

Ils sortent tous les trois. Nous sommes sans surveillance. C'est tout à fait inédit et les élèves se regardent, abasourdis. Certains commencent à rire et à s'agiter. Claudius se lève et me fait signe de partir. Je l'entends parler doucement pendant que je passe la tête dans le couloir :

— Il est important que chacun se comporte normalement, et le fait que Méto soit sorti doit rester absolument secret. C'est compris ?

Le silence est rétabli. Personne à l'horizon. Je cours jusqu'au bureau qui est ouvert. Je referme la porte. Je me tourne vers les étagères et, tout de suite, je repère que les dossiers ont changé de place. Les rouges ne sont plus en haut. Je prends le cadenas entre mes doigts. Il y a cinq roues comme les cinq étagères. Les dossiers ayant tous des numéros, la solution est devant moi. On doit sans doute lire la combinaison verticalement. Elle ne peut pas être à gauche car les séries commencent naturellement toutes par le chiffre 1. Je ne peux donc m'intéresser qu'au dernier chiffre à droite. Là, c'est différent, les séries ne comportant pas toutes le même nombre de dossiers. Par exemple, il y a huit dossiers jaunes très fins et quatre très gros dossiers gris. Je lis en descendant le dernier chiffre de chaque ligne, ça donne 7 4 6 4 5. J'essaie. Ça ne marche pas. J'utilise les mêmes chiffres mais en remontant : 5 4 6 4 7, et ça marche ! J'ai réussi à ouvrir la boîte. Je rétablis la combinaison d'origine et je regagne discrètement la salle d'étude où il règne un silence pesant. Je n'ose tourner la tête vers le bureau de peur d'y voir trôner César. Je m'assois et je lève les yeux. Personne, j'ai donc accompli ma mission. Je tremble. Je dois retrouver mon calme. Je ferme les yeux.

Marcus me tapote la main, sans doute pour me réconforter. Non, il m'avertit que le chef et le traître sont revenus. César reste debout et fait claquer sa règle violemment pour obtenir toute notre attention :

— L'inche est supprimé jusqu'à nouvel ordre. Le temps d'étude est donc doublé. Ceux qui n'ont rien à faire se préparent pour le grand concours de dessin qui aura lieu dans une semaine.

Un murmure réprobateur s'élève. La règle claque une seconde fois et le silence revient. Il reprend :

— Je peux dès à présent vous annoncer que des sanctions seront prises contre les auteurs de violences gratuites. Le ménage commencera par les Rouges.

Les « oreilles » ont fait leur rapport et le frigo va recevoir son lot de chair fraîche.

Je transmets la combinaison à Claudius et surtout la manière dont on peut la retrouver en cas de changement.

— Tu m'épates, Méto, tu es vraiment doué ! D'après toi, pourquoi sentent-ils le besoin de la modifier ? C'est vraiment se compliquer la vie, tu ne trouves pas ?

— Si tu utilises toujours le même code, à la longue, on doit pouvoir repérer des traces d'usure sur les chiffres.

— Comment sais-tu tout ça ?

— C'est logique. Il faut juste réfléchir.

Comme prévu, le repas du soir est précédé par la proclamation des mesures répressives. C'est César 1 qui s'en charge :

— Pour leur manque de vigilance, toutes les couleurs participeront ce soir à une double claque tournante. Bien entendu, les victimes des violences seront exclues du cercle de douleur. Juste après, Mamercus et Tibérius iront en chambre froide. Lundi soir, ce sera le tour de Flavius et Caïus, et, mercredi soir, celui de Sextus et Kaeso.

Il s'assied et donne le signal du repas.

Dans les couloirs, je rejoins Mamercus qui me déclare avec calme :

— J'ai déconné après l'inche d'hier, alors je paye. C'est normal.

— Tu veux les conseils d'un vieil habitué ?

— J'ai été mis au parfum par ton ami Marcus. Je te remercie.

— Vous êtes deux. Veillez bien l'un sur l'autre.

Le dortoir est silencieux. César est déjà là. Les Rouges s'approchent pour puiser un numéro. Rares sont ceux qui arborent un regard bravache, la grande majorité des enfants ont pris le masque des martyrs.

Feu !

CHAPITRE

8

C'est l'heure. Je ne sais pas exactement laquelle, mais il est plus tôt que d'habitude. Claudius m'a réveillé avant les autres. Nous passons voir chacun de nos partisans chez les Rouges et les Violets. Nous sommes treize, les seuls qui agiront au grand jour. Marcus est parmi nous. Son séjour au frigo lui a enlevé ses derniers doutes. Les Bleus ne seront pas impliqués. L'hypothèse d'un échec a été envisagée et il nous a semblé important, dans le cas d'un retour au mode de vie habituel, que les plus jeunes ne soient pas punis.

Nous sommes à présent trois autour du lit de chaque traître. Un s'occupe de le bâillonner pendant que les deux autres le maintiennent. Claudius est dans l'équipe qui s'occupe de Paulus. Ce dernier, la surprise passée, lance des regards haineux à son ancien copain. Crassus adopte, vis-à-vis de moi, un air suppliant. Les quatre garçons sont conduits dans la salle des douches. Trois enfants sont désignés comme geôliers. Nous laissons les Bleus dormir. Mamercus reste sur place pour les surveiller.

Claudius a trouvé une clef sous son oreiller, ce matin, signal que le grand jour était arrivé. Nous l'utilisons pour ouvrir les portes qui conduisent au couloir central. Nous allons ensuite dans le bureau, où nous surprenons deux César en plein travail.

— Méto! Claudius! Mais qui vous a permis?

Nous fondons sur eux sans leur répondre. Ils savent qu'ils ne peuvent résister physiquement face à des garçons surentraînés. César 1 se lance dans un discours qui se veut menaçant :

— Vous paierez pour cet affront! Si vous persistez dans cette action absurde, vous le regretterez! Vous verserez des larmes de sang!

Le regard amusé que lui renvoie Titus le coupe dans son élan. Il comprend que sa harangue est inutile et il baisse la tête.

Sans un mot, quatre enfants les entraînent auprès des traîtres. Je me précipite sur la boîte à clefs. Ils ont modifié la combinaison depuis mon dernier passage. Je compose le nouveau code en tremblant. Et s'ils avaient changé leur système? Non, ça marche. Je découvre un trousseau impressionnant. Je l'évalue à trente ou trente-cinq clefs. Claudius me pousse vers la sortie.

— Porte 204. Vite!

— Allons d'abord au frigo ! Il y a Sextus et Kaeso là-bas.

— Non. Je ne les oublie pas, mais suivons l'ordre qui a été décidé.

Les clefs ne sont pas numérotées. Je ne sais par où commencer. Ce n'est qu'au dix-huitième essai que je réussis à faire tourner le barillet de la porte 204. Nous entrons. Il fait froid. Nous tâtonnons dans la pénombre à la recherche d'un interrupteur. On entend des bruits de respiration et le cliquetis de lourdes pièces métalliques. Une voix nous interpelle :

— C'est à gauche de la porte, à cinquante centimètres, et à un mètre quarante de hauteur.

Je cherche un instant puis j'allume la lampe. Le spectacle qui s'offre à nos yeux nous laisse bouche bée. Ils sont vingt-cinq ou trente serviteurs allongés sur une paillasse grisâtre. L'endroit est si exigu qu'ils ne peuvent dormir que sur le côté et collés les uns aux autres. Ils sont enchaînés ensemble au niveau des mollets, des poignets et de l'anneau de leur oreille droite. Les extrémités des trois chaînes sont reliées par deux gros cadenas à d'épaisses boucles métalliques scellées dans le sol. Je reconnais Numérius. C'est lui qui a parlé. Son visage s'illumine :

— Je t'avais dit, Claudius, qu'on se reverrait tous les deux. Méto, montre-moi le trousseau, je vais te désigner la bonne clef. C'est la petite jaune très usée. Oui, celle-là !

J'actionne le mécanisme et je libère les serviteurs. J'en vois certains cogner sur deux d'entre eux. J'imagine que ce sont leurs espions. Puis tous se mettent debout. Les traîtres ont les bras maintenus dans le dos et la tête baissée par la pression qu'on imprime sur leur nuque.

Désignant deux serviteurs qui portent les numéros 126 et 94, Numérius ordonne :

— Conduisez ces deux salauds aux douches. J'interpelle l'ami de Claudius :

— Numérius, il faudrait vider le frigo.

— Je veux savoir d'abord de combien de temps nous disposons.

— Deux heures avant le réveil programmé, précise Claudius.

— Alors, OK pour le frigo. Méto, tu y vas avec Optimus. Il connaît les clefs, tu gagneras du temps. Dès que vous avez fini, revenez immédiatement. On aura besoin de vous.

Je suis pressé et je pars en courant. Celui qui m'accompagne a du mal à me suivre. Il est plus grand que moi mais dans un très mauvais état physique. Maigre, pâle, il semble courbé sous le poids d'une immense fatigue. Je ralentis. Il se force à sourire :

— C'est bien que vous soyez venus. Je n'en pouvais plus.

— On y est. Tu me montres la clef ?

— C'est celle-là !

Sextus et Kaeso semblaient nous attendre derrière la porte.

— C'est toi ? On croyait que c'était la bouffe, dit Sextus.

— Je ne comprends pas comment tu as pu résister quatre jours, ajoute l'autre.

— Je te raconterai une autre fois.

— C'est qui, le grand ?

— Je suis Optimus, répond celui-ci avec douceur.

— Alors, ça y est ? On est les maîtres de la Maison ?

— Pas encore tout à fait. Regagnez le dortoir. On va venir vous informer.

— Méto, on a faim !

— Ce n'est pas le moment. Allez finir votre nuit et soyez très discrets. On s'occupera de la bouffe plus tard.

Je repars vers la chambre-cellule des serviteurs. La discussion est très animée. Tous se retournent avec un air impatient quand nous arrivons.

— Ce n'est pas trop tôt ! déclare Numérius. On doit mettre la main sur les trois César qui manquent.

— Et tu sais où les trouver ?

— On sait où dorment les César. Avec un peu de chance, ils ne seront pas encore levés.

— Et Jove ? interroge Claudius.

— Jove, reprend Numérius, on sait qu'il existe car beaucoup d'entre nous ont senti son odeur vinaigrée, un jour ou l'autre. Quant à savoir où il se cache, nous n'avons aucun indice.

— De qui parlez-vous ? demande Titus.

— Jove est le grand maître de la Maison, le créateur de tout ça, précise Claudius.

Nous partons dans les étages en courant. Un serviteur nous désigne la porte 404. Nous l'ouvrons avec prudence. Elle débouche sur un couloir au fond duquel il y a une autre porte. Numérius nous fait signe de nous taire. Je mets la clef dans la serrure avec le maximum de précaution. Ça tourne. Je pousse doucement la porte. Trois serviteurs m'écartent et pénètrent dans la chambre plongée dans la pénombre. Ils se dirigent lentement vers des points qu'ils connaissent par cœur. J'entends le bruit de quelqu'un qui se débat. Claudius allume la lumière. Deux César sont plaqués sur leur lit. Bâillonnés et mains liées, ils vont sous escorte rejoindre les autres.

— Il en manque un, déclare Numérius, déçu. Il faut organiser au plus vite un rassemblement.

— Et les profs ? On ne doit pas s'occuper d'eux ? interroge Marcus.

— Rien à craindre de leur côté, réplique le chef des serviteurs, ils sont enfermés dans leurs appartements et, de toute façon, ils sont inoffensifs.

Les révoltés Rouges et Violets forment un cercle. Numérius prend la parole :

— Les petits et les neutres dorment encore. À leur réveil, plein de problèmes matériels vont se poser, auxquels on n'a pas eu le temps de réfléchir. Mais, tous ensemble, on trouvera des solutions. Avant cela, nous devons sécuriser la Maison. Les forces armées sur l'île sont très faibles en ce moment, on ne compte qu'une douzaine de gardes répartis dans les différents campements. Ils sont chargés de la surveillance des travailleurs de l'extérieur. Le gros de la troupe est en maraude sur le continent. La principale menace se trouve au troisième étage : il y a là un poste de garde avec six soldats, prêts à intervenir en cas d'extrême urgence. Cette mission est très dangereuse. *A priori*, nous bénéficions encore de l'effet de surprise et nous n'aurons sans doute pas à nous battre. Mais nous devons nous préparer au pire.

— Tu as un plan d'attaque ? interroge Claudius.

— Oui, nous connaissons le moyen de les bloquer dans leur repaire.

— Si nous devons nous battre malgré tout, avec quelles armes allons-nous affronter les soldats ? demande Titus.

— Nous n'avons rien pour l'instant. Des caches d'armes existeraient dans la Maison, mais nous ne disposons actuellement d'aucun élément pour les localiser. Alors, nous allons passer à la cuisine et nous saisir de tout ce qui peut servir à nous défendre.

— On va les affronter avec des fourchettes? demande Octavius, goguenard. Ça me va!

— Je suggère qu'on utilise aussi les protections de l'inche, propose un autre.

— Nous n'avons pas le temps, tranche Numérius. Alors? Qui est partant?

Une dizaine de doigts se lèvent. Ce sont les convertis de la première heure. Numérius sourit et nous entraîne vers la cuisine.

Octavius se coiffe d'une casserole et brandit une louche et un couvercle de marmite.

— Et comme ça, Méto? Je te fais peur? demande-t-il en rigolant.

Je suis beaucoup moins à l'aise que lui. Je ne desserre pas les dents. Je récupère dans le four une lourde broche et je vais retrouver les autres. Si j'étais moins angoissé, je crois bien que j'éclaterais de rire devant notre troupe dont les regards sérieux tranchent radicalement avec le ridicule de notre armement.

Numérius passe devant. Il sait où il va. Nous nous retrouvons devant une petite porte, la 411, que j'aurais prise pour l'entrée d'un placard à balais. Il fait sombre. La porte franchie, nous progressons dans un étroit couloir, en silence. Bientôt, l'espace s'élargit. À une dizaine de mètres, j'aperçois un rai de lumière vertical. Numérius lève son bras. Il avance tout seul et plaque son visage contre la fente. Il se recule et attrape deux d'entre nous par le cou. Tous les enfants l'imitent et nous nous retrouvons les têtes plaquées les unes contre les autres. Il parle très bas :

— Cette porte à double battant donne sur la salle des gardes. Ils sont six, comme prévu. Quatre sont allongés sur leur lit mais gardent les yeux ouverts. Deux sont debout, aux aguets. Ils sont équipés et prêts à envahir les couloirs. Il y a…

Il marque un temps. Nous retenons notre souffle. Aucun bruit. Il reprend :

— Il y a un moyen de les empêcher de sortir. Au pied du mur, à ma droite, sont posées trois barres de fer qu'il faut fixer dans des logements prévus sur les côtés de la porte. Cette manœuvre doit s'effectuer dans un silence parfait. Nous commencerons par celle du milieu.

Je ne suis pas sûr d'avoir très bien compris. Je suis les autres. Nous nous répartissons le long d'une des barres. Nous regardons la bouche de Numérius qui compte sans bruit, en bougeant seulement les lèvres :

— 1, 2, 3…

C'est si lourd que, pendant un moment, j'ai l'impression qu'on ne progresse pas. Je puise dans mes réserves. Je vois les autres grimacer sous l'effort. Octavius respire trop fort et Claudius lui décoche un petit coup de coude dans les côtes pour le lui faire remarquer. Surpris, Octavius se plie et manque de tout faire chavirer. La première barre est en place. Nous nous reculons pour positionner la deuxième, celle du bas. Les corps sont douloureux et, çà et là, des gémissements discrets se font entendre. Il faudrait accélérer la manœuvre mais nous en sommes incapables. Quand nous laissons tomber la barre dans son logement, nous percevons des bruits qui nous glacent le sang. Nous avons tous compris : les soldats nous ont entendus et ils vont se défendre. Des coups d'une violence inouïe font trembler la porte. Nous nous regardons. Si nos yeux pouvaient émettre des sons, ils hurleraient : «Barrons-nous tout de suite!»

Claudius prend la parole. Il doit crier pour se faire entendre :

— Nous ne partirons que quand la troisième barre sera placée. Allez, les gars! C'est la dernière! On y va.

Comme si un signal nous l'avait indiqué, nous nous mettons tous à hurler, à jurer. Nous empoignons la lourde pièce en fer en nous criant des encouragements, peut-être surtout pour couvrir le bruit de la menace qui se précise. Nous touchons au but. Beaucoup tremblent. Un dernier effort. Ça y est, c'est fini. Je tombe à genoux et je ne suis pas le seul. Le bruit derrière la porte s'est brusquement arrêté. Les soldats ont compris et ont aussitôt renoncé. Octavius m'aide à me relever. Les sourires commencent à poindre sur les visages exténués.

Nous regagnons le dortoir en marchant doucement. Certains boitillent, d'autres font des mouvements pour soulager leurs membres endoloris.

— Et maintenant, on ne risque plus rien, Numérius ? interroge Claudius.

— On leur a fermé l'accès direct vers chez nous, mais ils vont se réorganiser et contre-attaquer.

— Je ne comprends pas, intervient Marcus. Ils ne sont pas enfermés dans leur salle de garde ?

— Non. Je vous explique… La Maison est composée de deux espaces autonomes et séparés : d'un côté le monde des enfants et des César, et de l'autre le monde des soldats et des serviteurs. Ces deux zones comportent les mêmes lieux : des dortoirs, un réfectoire, des salles de sport, des couloirs, etc. Quelques pièces font communiquer les deux espaces, car elles ont une issue dans chacun d'eux, c'est ce qu'on appelle les passages. La salle des gardes, le frigo et notre dortoir-cellule en sont des exemples.

— Et tu connais tous ces passages ? reprend mon ami.

— Non.

— Alors les gardes peuvent entrer quand ils veulent.

— Si nous maintenons les portes fermées de notre côté, nous sommes en sécurité.

Mamercus court à notre rencontre :

— J'ai deux nouvelles : une bonne et une moins bonne, enfin, je crois… Voilà, on a trouvé le dernier César et Rémus a disparu.

— C'est peut-être mieux qu'on n'ait pas à le gérer, celui-là. Comment ça s'est passé ? demande Claudius.

— Je surveillais le dortoir et j'informais ceux qui se réveillaient de la nouvelle situation. Lui n'a rien demandé, il a foncé dans les couloirs. Je l'ai appelé et me suis lancé à sa poursuite. Il a pris le couloir est. J'étais à dix mètres derrière lui. Après le virage, il a disparu.

— Comment ça, disparu ? insiste Octavius.

— Je ne sais pas, moi. Il a dû prendre un de ces passages secrets.

— Nous en reparlerons plus tard, tranche Numérius. Rassemblons d'abord tout le monde. Rassurons les petits et organisons-nous pour le reste de la journée.

La grande réunion a lieu dans le gymnase. Les enfants se sont assis spontanément à leur place habituelle. Ils attendent sagement. C'est Claudius qui s'adresse à eux :

— Ce matin, nous avons pris le pouvoir dans la Maison. Nous avons libéré nos anciens amis que les César avaient transformés en esclaves. Nous avons fermé les accès de la Maison. Personne ne peut plus y pénétrer sans notre autorisation. Nous retenons prisonniers les César et les enfants qui sont à leur service. Aujourd'hui, l'organisation de la journée va changer. Les horaires des repas seront maintenus mais il n'y aura ni cours ni compétition. Ce soir, nous nous réunirons pour préparer le programme des jours suivants et vous pourrez poser toutes vos questions.

Un Bleu clair pleure bruyamment. Claudius l'interpelle :

— Qu'est-ce qu'il y a, petit Bleu ?

L'enfant relève la tête. Il peine à articuler :

— Mais quand ils reviendront, Claudius, quand ils reviendront, ils nous feront du mal !

— Toi, tu ne risques rien, tu n'as pas participé.

— Mais ils ne le sauront pas que je suis resté gentil !

— Tu dois avoir confiance en nous. Tout va bien se passer. Ils ne reviendront plus.

Le petit n'est pas convaincu. Ils sont nombreux comme lui, mais n'osent rien dire. Ils auraient honte de montrer leur peur.

Les Bleus quittent le gymnase, comme à regret. Ils ne savent où aller. Beaucoup s'asseyent dans les couloirs pour attendre.

Les révoltés se réunissent de nouveau, mais seuls. Je décide de prendre la parole. Numérius me regarde d'un drôle d'air, comme si je voulais lui voler son pouvoir. Claudius lui sourit. Il s'apaise. Je commence :

— Je crois que si nous voulons éviter les mauvaises surprises, nous devons d'abord visiter de fond en comble la Maison. Il faut ouvrir chaque porte, nous avons les clefs pour le faire. Ainsi, nous découvrirons les caches d'armes, s'il y en a, et les passages vers l'autre côté dont a parlé Numérius. Il faut les identifier et les surveiller. Qu'en pensez-vous ?

— Je suis convaincu que tu as raison, assure mon ami. Prends un gars avec toi et charge-toi de cette mission.

Le chef des anciens esclaves se sent obligé d'ajouter quelque chose :

— Nous, les serviteurs, connaissons mieux la Maison que vous. Optimus t'indiquera les seules portes qui nous étaient interdites. Allez-y tous les deux et soyez prudents. À la moindre erreur de votre part, ils seront sans pitié, surtout après l'affront qu'ils viennent de subir.

— Je peux commencer tout de suite ?

— Si tu veux, confirme Claudius.

— Marcus, tu nous accompagnes ?

— Je viens, Méto.

Nous nous éloignons d'un pas rapide. Je dois d'abord retrouver l'endroit secret où j'ai été soigné. Il communique avec une sorte d'hôpital pour soldats. Si on ouvre cette porte, on offre aux monstres un passage. Je demande à Marcus de me bander les yeux devant le bureau des César et de me suivre dans les couloirs. Je me retrouve après quelques tâtonnements devant une porte, la 114. C'est celle-là. Je vérifie qu'elle est fermée et je fixe dessus un avertissement : *Danger. Ne jamais ouvrir.*

Je me sens plus tranquille. J'explique à mes coéquipiers que j'ai envie de passer par la salle d'étude pour arracher des feuilles dans mon cahier. Je veux établir des plans et tout indiquer dessus. Malgré les recommandations de Numérius, je décide de fouiller moi-même tous les recoins.

Nous commençons par notre étage. Nous inspectons les pièces où l'on ne va jamais. Ce ne sont que des locaux techniques : réserves de produits d'entretien, placards à balais ou salles remplies de tuyaux avec des cadrans. C'est pourtant derrière une de ces portes qu'a disparu Rémus tout à l'heure. Je commence à me dire que notre action est inutile. C'est cela que voulait me faire comprendre le copain de Claudius pendant la réunion.

Je sais qui pourrait nous renseigner. J'en parle aux deux autres :

— Il faudrait aller au frigo pour rencontrer Romu. Je suis sûr qu'il nous aiderait.

Optimus fait la grimace :

— Ce n'est pas une bonne idée. Romu est le fils de Jove.

Je répète sans vraiment comprendre :

— Le fils de Jove…

— Le fils… Tu ne sais pas ce que ça veut dire ? Jove est le mâle qui a fécondé une femelle qui, elle, a engendré Romu. Et pour Rémus, c'est pareil, ils sont donc frères.

— Frères ? Ça veut dire nés du même mâle et de la même femelle ?

— Mais pas seulement : Jove s'est occupé d'eux

quand ils étaient petits. Il les a nourris et protégés. On dit que c'est leur père.

Ces mots résonnent en moi bizarrement. Je ne les ai jamais entendus ni même prononcés, du moins depuis que je suis ici, mais ils remontent lentement à la surface de ma mémoire. Un père, un frère, une m… mè… mère.

Je dois rester concentré sur notre tâche et ne pas me laisser envahir par cette évocation. Je regarde Marcus qui pleure.

— Romu est différent. Il m'a prouvé plusieurs fois que je pouvais lui faire confiance.

— Comme tu voudras, Méto. Mais il serait plus sage qu'on en réfère aux autres.

— Nous n'avons pas le temps.

Nous courons vers le frigo, qui est évidemment vide. Pourquoi Romu y serait-il resté, d'ailleurs? Il n'a plus rien à y faire. Je décide de laisser tout de même un message derrière le poteau où il me donnait rendez-vous : *J'ai besoin de toi. Méto.*

Après le repas, je croise Claudius qui m'interroge :
— Alors, cette fouille?
— Pour l'instant, rien, mais je garde espoir.

Je n'ose pas lui avouer que j'en suis réduit à attendre de l'aide de quelqu'un qui causera peut-être notre perte à tous. Je change de sujet :
— J'ai une question à te poser. Maintenant que nous sommes coupés du reste de l'île, nous ne rece-

vrons plus de ravitaillement. Comment allons-nous survivre ?

— Nous en avons parlé après ton départ. Un groupe a évalué précisément les réserves. On pense qu'on peut survivre un mois. Pour la suite, des messages ont été cachés avant la révolte dans les sacs à provisions qu'utilisent les serviteurs extérieurs pour les livraisons. On veut les inviter à participer à notre rébellion.

— Que sait-on sur eux ?

— Qu'ils vivent dans des campements sévèrement gardés. Qu'ils cultivent la terre et font de l'élevage pour nourrir ceux de la Maison. Qu'ils livrent chaque matin des produits frais.

Je suis dans la salle d'étude en train de recopier au propre mon plan de la matinée, quand j'entends des voix qui s'élèvent dans le couloir. Je tends l'oreille :

— Laissez-moi voir mon ami, ou je peux vous causer beaucoup de tort.

C'est la voix de Romu. L'échange avec Numérius est vif. Ils se menacent l'un l'autre, mais aucun des deux ne semble prendre le dessus.

— Je n'ai aucune confiance. Je sais d'où tu viens et quel rôle tu joues.

— Tu ne sais pas grand-chose, en fait.

Les voix se sont rapprochées et je suis debout quand Romu pousse la porte. Les autres sont derrière lui. Ils sont quatre. J'interviens.

— Laissez-nous seuls. Si vous n'avez pas confiance, montez la garde devant la porte. Romu est venu parce que je le lui ai demandé. Je sais qu'il peut nous aider.

Romu a pris une chaise et leur tourne le dos. Je soutiens leur regard. Ils voient que je ne céderai pas et tournent les talons. Numérius me lance :

— Tu ne restes avec lui que quelques minutes et je veux te voir après.

— C'est promis. Ne t'inquiète pas.

Ils referment la porte. Romu me sourit.

— On ne peut donc jamais discuter tranquillement, tous les deux ! Alors c'est lui, le chef ? Vous n'avez pas choisi le plus brillant !

— Nous n'avons pas désigné de chef pour l'instant, mais…

Sa remarque m'a mis mal à l'aise. Je change de sujet :

— Romu, tu as compris ce qui se passe, j'imagine.

— Bien sûr. Je savais que ça arriverait un jour. Mon père, au contraire, en est tout retourné. Vous avez bien préparé votre attaque. Pour l'instant, vous réalisez un sans-faute.

— Pour que ça continue, nous devons absolument identifier toutes les pièces à double issue. Peux-tu nous y aider ?

— Il vous suffit de repérer les numéros de portes dont la somme des chiffres est égale à 6, comme 222, 204…

— 303 aussi, alors?

— Oui, tu as compris.

— Au fait, et toi, comment es-tu entré?

— Par un passage connu de moi seul. Rassure-toi, je n'ai pas été suivi.

— Ce que je ne comprends pas, c'est pourquoi le système ne marche pas dans les deux sens. Les soldats ne peuvent pas intervenir sans notre aide. Ça paraît absurde.

— Ils ne peuvent intervenir que si les César les y autorisent. Jove se méfie plus des soldats que des enfants. Les soldats, même dans leur état normal, ont une énergie difficile à canaliser. C'est pour ça qu'il les laisse parfois partir sur le continent pour qu'ils donnent libre cours à leurs instincts. À certaines périodes, ils sont presque incontrôlables. C'est comme une épidémie qui se propage, ils peuvent s'en prendre à n'importe qui, à des serviteurs, à d'autres soldats, à eux-mêmes parfois. Jove n'a jamais voulu laisser les enfants sans défense à la merci de ces bêtes.

— C'est pourtant lui qui les a créées, ces brutes, si j'ai bien compris.

— Oui, mais il sait y faire. Quand il sent la crise monter, il drogue leur nourriture.

— Donc, nous sommes en sécurité?

— Presque. Vous devez vous débarrasser des César et de leurs complices au plus vite. Sinon, l'un d'entre eux réussira à ouvrir un passage ou persuadera un esprit faible de le faire.

— Comment doit-on s'y prendre ?

— Enfermez-les dans le frigo et je m'occuperai de les faire sortir de l'autre côté.

— Je voudrais savoir aussi où se trouvent les caches d'armes. Vu les monstres que tu décris, on peut en avoir besoin.

Je sens qu'il hésite :

— Tu me promets de ne t'en servir que contre eux ?

— Je te le promets.

— Je vais t'en indiquer une, une seule. Pièce 203. C'est un placard. La cache ne se dévoile que si tu t'enfermes à l'intérieur sans allumer la lumière. Au bout de quelques instants, tu vois la cloison du fond qui monte doucement et la lampe s'allume toute seule. Attention, ne te trompe pas de porte, la 204 peut être mortelle.

— J'ai bien retenu la leçon.

— Je dois y aller, Méto. J'espère que tout se passera bien et qu'on se reverra un jour.

— Moi aussi. Merci, mon ami. J'ai une dernière question.

— Dis vite. La durée de mon absence va devenir suspecte.

— Où est Jove ?

— Tu ne peux pas me demander de trahir un membre de ma famille, même s'il n'agit pas bien. Tu ne peux pas, Méto, dit-il gravement.

Il se lève et sort. J'aurais voulu le rappeler pour

m'excuser de cette ultime requête, mais il est déjà loin. Je l'entends qui interpelle Numérius :

— Alors, tu as vu ? Méto a survécu au méchant Romulus.

Quelques minutes plus tard, je fais mon rapport à l'assemblée des révoltés.

Après m'avoir écouté, Mamercus prend la parole :

— La voilà, la solution à notre problème ! On va foutre dehors les César et leurs espions qui narguent et menacent leurs geôliers.

— Bonne idée ! renchérit Marcus, enthousiaste. De toute façon, on ne trouvait plus de volontaires pour faire ce boulot.

— Doucement, doucement, les gars ! intervient Numérius. Je n'ai aucune confiance en ce cinglé de Romu. J'ai la conviction qu'il nous tend un piège. On ouvrira le frigo, et les autres, en embuscade, nous tomberont dessus et s'introduiront chez nous pour nous massacrer.

Le dernier mot prononcé marque les esprits et le silence se fait.

— Par ailleurs, je suis persuadé que ces indications pour trouver les caches d'armes ne sont pas fiables, poursuit Numérius. Et si, en croyant trouver des fusils, on ouvrait un passage ?

Personne n'ose plus intervenir. Claudius me regarde :

— Tu en penses quoi, Méto ?

— Moi, j'ai confiance. Sinon, je ne l'aurais pas appelé. Je crois aussi qu'il s'est mis en danger pour venir me voir. Et, pour prouver que j'ai raison, j'accepte de courir le risque seul. Je rentre dans la 203 et vous fermez à clef derrière moi. Si je trouve des armes, vous m'ouvrez. Si je trouve des soldats, vous ne m'ouvrez pas.

— Je suis d'accord si tu es sûr de le vouloir, déclare Claudius.

— Moi aussi, dit Numérius.

— Pas moi, dit Marcus, un peu fort. Ou alors je t'accompagne.

— Moi aussi, avec une de mes fourchettes bien affûtées, ajoute Octavius.

Le moment du test est arrivé. Presque tous les révoltés sont présents. Personne ne sourit. Marcus, Octavius et moi entrons dans la petite pièce avec une bougie allumée. Je me maîtrise pour ne pas trembler. La clef tourne bruyamment dans notre dos. Nous sommes enfermés. Je retiens mon souffle. Marcus se cache les yeux. Peu après, on entend comme un bruit de roulettes et la paroi coulisse verticalement vers le haut. À une trentaine de centimètres, j'aperçois une première étagère garnie de boîtes cubiques. Ce sont les munitions. Trois gros caissons remplis de poignards, haches et pistolets occupent la deuxième. Enfin, plus haut, six fusils sont rangés dans des niches en bois. C'est le modèle dessiné sur les manuels, on s'en sert pour tuer les cochons sauvages. J'en décroche un et frappe avec la crosse sur la porte : trois coups brefs, je marque un temps et je recommence. C'est le code. La porte s'ouvre. On sort sous les hourras.

Le repas du soir est à peine plus bruyant qu'un repas surveillé. La veillée-débat, elle, est très animée, mais je remarque que ce sont toujours les mêmes qui prennent la parole. Certains disent qu'ils se sont ennuyés sans le sport. Beaucoup de questions tournent autour du thème de la nourriture : la plupart ont peur de manquer.

Certains enfants, muets pendant toute la soirée, restent prostrés dans un coin. Ils donnent l'impression de ne pas s'intéresser aux échanges. Comme si écouter, c'était pour eux montrer un consentement.

Ceux qu'on appelle maintenant les «Isolants», sur une proposition de Kaeso, parce que, a-t-il expliqué, «leur résistance a rompu le courant de la soumission», se réunissent ensuite dans le gymnase. Le premier problème abordé est la garde des ennemis. Titus et Octavius se portent volontaires. Pour remercier ce dernier de sa solidarité dans l'épreuve de la cache d'armes, je décide de me joindre à eux. Marcus fait de même. Numérius explique que, pour que la nuit se passe bien, les Bleus ont bu pendant le repas l'eau habituelle, chargée de soporifique. Titus demande si on peut garder des armes à portée de main pour impressionner les César et leurs amis, en cas de nécessité. Claudius est d'accord mais il ajoute :

— Surtout, les gars, en cas de problème, n'hésitez pas à venir nous réveiller.

— C'est promis, assure Octavius.

Nous débarquons dans la salle de classe qui a été réquisitionnée pour les prisonniers. Ils sont assis sur le sol et enchaînés par groupes de trois aux radiateurs. Les traîtres arborent une mine plutôt réjouie qui m'étonne. Ont-ils une idée en tête ? Les César conservent leur air supérieur, malgré leur situation piteuse. Ils s'adressent à nous d'une voix très sûre et très calme :

— Bonsoir, mes enfants, commence César 3.

— Vous savez que vous avez fait un très mauvais choix, continue César 1. Vous n'avez pas…

— Tais-toi ! hurle Titus. Nous ne sommes pas venus ici pour discuter mais pour dormir. Tout César que vous êtes, sachez que nous n'avons plus rien à perdre et que je n'aurai aucune hésitation à vous fracasser les membres ou la tête si vous me provoquez. Vous avez compris ? Regardez ce que nous avons trouvé en cherchant une serpillière. Il paraît que ça ne pardonne pas, à bout portant.

Plusieurs heures se passent et tout paraît facile. Nous échangeons de brèves paroles entre nous. Je veux que nous organisions des tours de garde pour que chacun puisse se reposer un peu. Marcus et moi dormirons la première partie de la nuit.

Même sans drogue, je m'endors en quelques minutes.

Je suis soudain réveillé par des gémissements. J'ai des difficultés à comprendre ce qu'il se passe. Un César gît par terre. Il a une blessure à la tête. Octavius pleure. Titus a braqué un fusil sur la tempe de Crassus, qui pleure aussi. Marcus s'est réveillé juste après moi. Octavius se met à parler doucement, comme s'il ne s'adressait qu'à lui-même. Il est à bout.

— Ils n'ont pas le droit de dire ça sur nous… Ils n'ont pas le droit.

— Que se passe-t-il ?

— Ils disent des choses sur nous avant, des choses pas bien, surtout à Titus.

— Moi, je vais dégommer ce petit con ! hurle ce dernier.

— Les gars, on se calme. Venez avec moi au fond de la salle. On va parler.

Je saisis doucement l'arme de Titus qui se laisse faire. Mes copains se lèvent et me suivent. Octavius prend la parole :

— Ils ont dit que Titus avait tué toute sa famille dans des conditions atroces. Ils ont aussi parlé de toi. Ils disaient que tu allais nous trahir, que tu faisais semblant de dormir, que tu attendais le moment pour nous fusiller et… On est fatigués.

— Ils veulent nous diviser. Ils veulent nous faire craquer. Mais, les gars, je sais comment agir. On va les conduire au frigo, comme l'a suggéré qui vous savez. On va les évacuer tout de suite et…

— Je suis d'accord, coupe Titus, mais on doit prévenir les autres, on a promis hier soir.

— Je suis sûr qu'ils hésiteront à prendre la décision, alors que nous, nous savons bien que c'est la seule solution.

Même à bout de forces, ils ne semblent pas convaincus.

— Si vous voulez, je dirai que c'est moi, que je vous y ai contraints.

— Pas la peine, je suis avec toi, dit Marcus.

Quand nous nous tournons vers nos ennemis, je vois qu'ils ont compris que la partie est perdue pour eux. Crassus, à qui j'ai pourtant sauvé la vie cinq minutes avant, me lance un regard plein de haine. Ils se lèvent en silence. Ils savent où nous les conduisons. Je déverrouille la porte du frigo et je regarde entrer, enchaînés les uns aux autres, nos adversaires défaits. César 4 grimace. Pour lui comme pour ses compagnons d'infortune, c'est une première. Je referme la porte. J'espère que Romu ne les trouvera pas trop tôt. J'aimerais qu'ils aient le temps d'apprécier le climat sain de l'endroit.

Nous retournons au dortoir, épuisés mais souriants. Nous nous en sommes bien tirés.

CHAPITRE
9

Ce matin, mon réveil est tardif. C'est la première fois de ma vie. L'emploi du temps ne s'applique plus et chacun choisit de disposer de sa journée comme il l'entend. Cet état de fait ne résulte pas d'une décision mûrement concertée, c'est plutôt une non-décision, en attendant d'en prendre une vraie.

Nous prenons le petit déjeuner dans un brouhaha de plus en plus sonore. On a des difficultés à se comprendre. Marcus et moi y renonçons après deux ou trois tentatives. Je sais, de toute façon, ce qu'il veut me dire, qu'il est content de la résolution prise ensemble cette nuit, mais aussi qu'il craint les remontrances des autres. Claudius me tape sur l'épaule et me glisse que nous devons le rejoindre avec Octavius dans le bureau des César, dès qu'on aura fini de manger. Je transmets par signes le message à Marcus qui s'angoisse déjà. Dans un lieu aussi exigu, je devine que nous ne serons pas jugés par l'ensemble des Isolants. Peut-être ne seront présents que Claudius et Numérius.

J'avais raison. Ils trônent tous les deux sur les fauteuils des César en regardant des papiers, et nous, pauvres coupables, restons debout à les contempler. Ils ne vont tout de même pas nous laisser mariner, comme le faisaient ceux qui occupaient ces sièges il y a quelques jours ! Je casse tout de suite ce que je perçois comme une mise en scène :

— Bon, on est là pour quoi ? J'ai d'autres projets pour ma matinée.

Mes complices sourient de mon arrogance. Les deux autres sont surpris.

Numérius prend la parole, d'une voix agacée :

— On veut comprendre pourquoi vous avez pris la décision de vous débarrasser des César et des autres, contrairement à ce qui avait été décidé hier soir.

— Ils nous ont poussés à bout et, sans l'intervention de Méto, ça aurait tourné au carnage, commence Titus.

Je précise avec fermeté :

— Nous avons jugé que c'était la meilleure chose à faire à ce moment-là. À l'entrée du frigo, nous ne sommes tombés dans aucun guet-apens et maintenant nous ne sommes plus menacés par leurs agissements. Que voulez-vous de plus ?

— Ce n'est pas ce que nous avions décidé. Vous n'aviez pas le droit d'agir ainsi, précise Claudius.

— Vous vous conduisez comme des César! Quand vous parlez, on doit tout le temps être d'accord. Vous êtes toujours sûrs d'avoir raison. Eh bien, là, vous aviez tort. Et si vous vous attendez à des excuses, j'espère que vous avez plusieurs vies devant vous, parce qu'on ne se sent pas prêts.

Numérius se lève, excédé :

— Tu nous insultes en nous traitant de César!

— Mais regardez-vous, assis dans leurs fauteuils, avec devant vous des petits élèves convoqués! Allez, les gars, on s'en va.

Nous sortons. Dans les couloirs, mes copains me bousculent en rigolant.

— T'as raison, pourquoi serions-nous moins intelligents qu'eux? déclare Titus.

— Et tu penses qu'ils en resteront là? interroge Marcus.

— Que veux-tu qu'ils fassent? Et puis je crois que le moment était venu de poser ces questions.

— Quelles questions?

— Qui commande maintenant? Et pourquoi? Et comment?

Nous croisons Optimus qui porte une lourde panière de linge sale. Il me sourit et s'éloigne. Je le suis des yeux et l'appelle :

— Optimus! Attends, je vais t'aider.

Il s'arrête et prend un air gêné.

— J'ai l'habitude, Méto. Tu as sans doute des choses plus importantes à faire avec tes amis.

— Les serviteurs ne doivent pas travailler pour les autres, on doit partager le travail. Je vais en parler au conseil des Isolants cet après-midi.

— En attendant, je vais faire la lessive, conclut le serviteur en s'éloignant.

Une heure plus tard, Claudius m'aborde chaleureusement :

— J'ai besoin de toi, mon ami. Je peux te voir tout seul ?

— Bien sûr, mon ami.

— Romulus nous a fait comprendre qu'il y avait d'autres caches d'armes. Il faudrait les découvrir et entraîner des volontaires au tir. Je pense que c'est encore une sorte d'énigme à résoudre pour toi.

— Je m'en occupe. Dis-moi, j'imagine que tu as été choqué par ce que j'ai dit ce matin ?

— En effet, ça m'a beaucoup touché, troublé aussi. Sans doute parce que tu as dit vrai. Si nous commandons, Numérius et moi, c'est parce que c'est nous qui avons organisé tout ça, avec ton aide, bien sûr ; c'est nous qui sommes à l'origine de cette révolte. On se sent responsables.

— Je sais, mais je crois que maintenant nous devons prendre les décisions tous ensemble. Nous devons écouter tout le monde. C'est important de ne pas refaire ce que nous avons détesté.

— Nous en parlerons peut-être tout à l'heure. Nous réunissons les Isolants à onze heures trente dans le réfectoire.

— J'y serai. D'ici là, je vais réfléchir aux caches d'armes.

Je rejoins mes copains pour leur raconter.

— Tu avais finalement raison. Il ne t'en veut même pas, déclare Marcus, ravi.

Nous entendons des enfants crier et nous nous précipitons. C'est une grosse bagarre. Ils sont presque une vingtaine, uniquement des Bleus. Certains sont par terre et se font piétiner. Rien ne sert de crier, personne ne peut nous entendre. Nous rentrons dans la mêlée pour séparer énergiquement les belligérants. Nous prenons des coups mais, lorsqu'ils nous reconnaissent, les enfants s'écartent. Je demande d'un air sévère :

— Je peux savoir la raison de votre dispute ?

Ils me regardent avec un mauvais sourire. Ils en poussent un devant eux qui murmure :

— On ne sait pas.

— Je ne t'entends pas, dis-je en haussant le ton.

— J'ai dit : On ne sait pas.

— Comment ça ?

— On s'ennuyait. Alors on s'est dit qu'on pouvait s'organiser une petite lutte sans règles pour voir qui sont les plus forts.

— On ne fait rien de mal, ajoute un autre qui porte une chemise tachée de sang.

— On joue un peu à ce qu'on veut maintenant. Il n'y a plus de César pour nous mettre au frigo, s'enhardit un troisième.

Je ne sais quoi leur répondre. Je ne peux pas les laisser se fracasser la tête, mais de quel droit pourrais-je les en empêcher?

— Je veux bien m'occuper de vous ce matin, propose Titus, mais vous vous mettez en tenue et on se bat à la régulière. Ça vous intéresse?

Une dizaine d'enfants lèvent la main. D'autres détournent la tête et s'éloignent, peut-être pour recommencer leur pugilat dans un endroit plus discret un peu plus tard.

Octavius reste pour aider Titus, et Marcus me suit dans notre salle d'étude où je sors mon cahier pour réfléchir à mon nouveau problème. Marcus se lance :

— Pourquoi t'installes-tu pour écrire? Si c'est comme pour les portes des passages et qu'il suffit d'additionner les chiffres, on devrait essayer la 302.

— Je pense que ce serait trop simple, mais on ne sait jamais. Tentons le coup.

Quelques dizaines de secondes plus tard, je suis enfermé dans un des placards à balais du troisième étage et j'attends, une bougie à la main, qu'il se passe quelque chose. Mais rien ne bouge. C'est raté. Je ressors. Marcus est déçu, moi je l'avais pressenti.

De retour dans la salle, je reprends mon papier et je réfléchis tout haut :

— Jove est un homme rationnel. Donc, une cache d'armes par étage me paraît suffisant. Romu nous a indiqué celle du deuxième : la 203. On sait aussi que le grand maître aime jouer avec les chiffres. On peut par conséquent déduire les trois autres. Il faut émettre des hypothèses. Ouvrons la 102.

— Pourquoi ?

— J'ai une idée. Allons essayer.

Marcus s'installe derrière l'épais battant. Après moins d'une minute, j'entends des coups. Il produit le même code que lors de la première découverte.

Je déverrouille la porte. Il arbore un fusil en bandoulière et fait le V de la victoire.

— Alors, commence-t-il, si ce n'est pas un coup de pot, tu dois connaître l'emplacement des autres.

— Oui, j'espère que j'ai compris, sinon on recommencera. Je conduis mon ami successivement à la 304 et à la 401 avec les résultats attendus. Marcus est très impressionné :

— Tu es vraiment fort !

— J'ai juste suivi un raisonnement très « carré ».

— Et maintenant, tu es sûr qu'il n'y en a plus d'autre ?

— Je pense qu'on a tout trouvé, mais je ne suis pas dans le cerveau du créateur de la Maison.

L'heure de la réunion approche et nous rejoignons tranquillement le réfectoire. Les serviteurs mettent le couvert et posent les plats. Des chaises ont été disposées en cercle. Nous nous asseyons. Petit à petit, les sièges se remplissent. Numérius se place en face de moi. Il évite mon regard. Lui n'a pas digéré notre dispute.

Il ouvre le débat en énumérant les différents problèmes à régler :

— Nous devons aborder en urgence les points suivants : comment rallier les serviteurs de l'extérieur et ceux que les soldats appellent les « Oreilles coupées » ?

— C'est qui, ceux-là ? demande Mamercus.

— Ne m'interromps pas, s'il te plaît.

— Excuse-le, dis-je. Mais on veut savoir. C'est la première fois qu'on en entend parler.

Numérius comprend qu'il ne pourra pas remettre à plus tard son explication :

— Ce sont des serviteurs évadés. Ils se cachent au sud de l'île, dans des grottes. On les appelle comme ça parce qu'ils ont été obligés de se fendre le lobe de l'oreille pour enlever leur anneau.

Il joint le geste à la parole. Beaucoup d'enfants font la grimace.

— Ensuite, nous parlerons de la défense de la Maison en cas d'attaque.

Il me regarde et ajoute :

— Est-ce que vous voulez aborder d'autres sujets ?

Titus lève la main :

— Les Bleus sont désorientés. Ils s'ennuient, ne dépensent plus leur énergie. Il faudrait qu'on s'occupe d'eux. Tout à l'heure, on est intervenus pour arrêter une bagarre qui tournait mal. Après, j'en ai entraîné la moitié à la lutte pendant une heure, et il faudrait pour cet après-midi des volon…

— Merci, il faudra qu'on y pense. Tu as raison. Mais je crois qu'il n'y a pas urgence.

Titus souffle bruyamment pour marquer son agacement. Numérius continue :

— Je reprends, donc… Ah oui, les serviteurs extérieurs ont reçu notre message. On a eu une réponse. Ils écrivent qu'ils vont prévenir les Oreilles coupées. Certains voudraient qu'on leur donne des armes pour qu'ils éliminent leurs gardiens.

— C'est normal, déclare Tibérius.

— Sauf que nous ne pouvons pas être sûrs, reprend Numérius, qu'il ne s'agisse pas d'un piège tendu par les soldats ou des espions pour s'approprier nos armes ou pénétrer dans la Maison.

— À moins d'aller les rencontrer pour s'assurer de leur bonne foi, je ne vois pas ce que nous pouvons faire, insiste Tibérius.

— Nous devons soigneusement préparer cette rencontre. Il faut prendre le temps de réfléchir pour éliminer tous les risques, déclare Claudius.

— Nous ne pouvons pas nous permettre d'attendre, il me semble. Nous dépendons d'eux pour le ravitaillement, fait remarquer Octavius.

— Les réserves sont impressionnantes, nous ne mourrons pas de faim tout de suite, assure Numérius. Ce que je crains, c'est le retour du reste des soldats sur l'île. Réunissons-nous cet après-midi à quelques-uns pour mettre au point un plan.

Je décide d'intervenir :

— Moi, je voudrais poser une question sur les serviteurs de l'intérieur. Voilà…

— Ce n'est pas le sujet, tranche le « nouveau César ».

— Laisse les autres en juger. Nous parlons et, en ce moment, des serviteurs, dans cette même salle, continuent leurs occupations habituelles. Qu'est-ce qui a changé pour eux ?

— Ils ne sont plus frappés et humiliés à longueur de journée, et ils dorment chaque nuit de manière raisonnable, explique Numérius.

— Pourquoi ne sont-ils pas invités à nos discussions, comme toi par exemple, et pourquoi n'organisons-nous pas le travail différemment ? Les élèves pourraient participer aux travaux et les serviteurs, eux, pourraient faire du sport ou continuer à apprendre.

— C'est une excellente idée, intervient Claudius, mais nous sommes dans l'urgence et nous ne pouvons pas tout traiter à la fois. Dans un premier temps, et avec leur accord, il a été décidé que les serviteurs assureraient leur travail habituel. Rassure-toi, cette organisation est transitoire. Elle durera tant que la défense de la Maison ne sera pas parfaitement organisée. Ensuite, une nouvelle vie commencera ici, sans serviteurs ni servis, dans la liberté et l'autonomie, avec moins de violence. Personnellement, c'est ce que j'espère et je crois ne pas être le seul.

— J'aime t'entendre parler ainsi, Claudius, dis-je.

— Moi aussi, ajoute Marcus.

Pendant quelques secondes, personne n'ose intervenir. Claudius reprend :

— Merci, les gars. Je change de sujet. Avez-vous trouvé les caches d'armes ?

— Oui, on a trouvé les trois autres. Elles renferment les mêmes munitions que la première.

— C'est une très bonne nouvelle. Bravo, les gars !

Quelques élèves applaudissent. Je vois Numérius qui plisse ses lèvres nerveusement. Il marque un temps avant d'intervenir :

— Je propose qu'on remette la décision pour ceux du dehors à la réunion de ce soir. Et, si vous êtes d'accord, on peut inviter tous les serviteurs. Sachez tout de même que je leur rends compte fidèlement de nos discussions. Enfin, puisque nous avons des armes, je propose que certains s'exercent à les utiliser. Y a-t-il des volontaires ?

Titus lève la main :

— Je suis un expert dans ce domaine et je servirai d'instructeur. J'invite tous ceux qui le veulent à me retrouver après le repas.

Claudius approuve :

— J'étais sûr qu'on pouvait compter sur toi. Hier, en te voyant manier un fusil, j'ai tout de suite compris que tu t'y connaissais. Ah oui… Avant qu'on ne se sépare, je voulais vous informer que, cette nuit, la décision a été prise de nous débarrasser des César et de leurs fidèles. Ils ont été conduits au frigo ce matin. Et, pour revenir à la proposition de Titus, il faudrait que certains se désignent pour organiser ou surveiller les activités des Bleus.

Mamercus lève la main pour se proposer. Marcus le rejoint. Je me lève avec le sourire. Je regarde Numérius. Je suis sûr qu'on peut tous ensemble faire de belles choses ici.

Pendant le repas, qui atteint un niveau sonore jusqu'alors inimaginable, je n'essaie même pas de parler. Je me demande comment je vais occuper mes prochaines heures. Vais-je apprendre à tirer pour être prêt à défendre la Maison efficacement en cas d'attaque des soldats ? Vais-je donner mon temps aux plus jeunes pour assurer la paix dans la Maison ? Je sens monter en moi une envie qui surpasse toutes les autres. Je veux fouiller dans les mystérieux dossiers des César. Je veux savoir d'où je viens, qui sont les membres de ma famille, s'ils existent encore et comment je m'appelle vraiment. Quelque chose me dit que la réponse est là et qu'elle me tend les bras. J'irai en parler à Claudius à la fin du déjeuner.

Je retrouve mon ami dans le bureau de nos anciens chefs.

— Nous avons commencé à mettre le nez dans leurs papiers, me déclare Claudius. Nous n'avons pas encore trouvé de dossier sur les enfants. Si tu veux nous aider dans nos recherches, tu es le bienvenu.

— Sur quoi portaient les dossiers que vous avez parcourus ?

— Des inventaires de matériel, des tableaux, des calculs sur la consommation de la Maison en énergie, sur l'approvisionnement des cuisines, des plans…

— Des plans de la Maison ?

— Je ne crois pas. Ça ne ressemble pas à la disposition d'ici.

— Il y a des annotations qui pourraient nous renseigner sur l'endroit représenté ?

— Il y en a, mais elles sont cryptées : des séries de chiffres remplacent toutes les légendes. Tu pourras y jeter un œil, toi qui es doué pour les énigmes.

— Quelle partie des dossiers avez-vous fouillée ?

— Les classeurs de couleur, ceux qui t'ont permis de trouver la combinaison de la boîte aux clefs. Je crois que les secrets sont dans cette armoire métallique-là car il est impossible de l'ouvrir. Aucune clef ne correspond.

Mon ami s'éloigne. Si lui a échoué en employant son intelligence, c'est qu'il ne reste que la manière forte et brutale pour résoudre le problème. Je vais pouvoir me défouler. Je décide d'aller chercher une hache, j'en ai aperçu dans les caches d'armes. Je cogne comme un fou. Le métal plie, pourtant la porte ne s'ouvre pas. Je m'épuise vite. Le bruit attire peu à peu des spectateurs. Plein de volontaires se proposent pour m'aider. Bientôt, Titus apparaît avec sa petite armée. Il élève la voix pour que je l'entende :

— Tu t'y prends mal, Méto. Pose la hache et écarte-toi. Je n'ai pas le temps de répondre qu'il tire déjà à cinq reprises dans la serrure, qui cède aussitôt.

— Autre chose, mon ami ?

— Non, je te remercie.

Mes spectateurs s'écartent bientôt quand ils me voient reprendre mon travail de fouille.

C'est long et je veux le faire sérieusement. J'épluche tous les dossiers, tous les registres, en commençant par ceux du haut à gauche. Au bout de trois heures, je tombe sur un petit cahier calé au milieu d'un classeur de schémas techniques. C'est une liste sans doute chronologique des enfants, avec notre nom d'ici et la photo prise à notre arrivée. On trouve une lettre associée à chaque cliché. Il y en a trois différentes : A, G et E. Je suis E et Claudius est G. Comment savoir à quoi elles correspondent ? Peut-être est-ce le rôle qu'on avait prévu de nous faire jouer plus tard ? Dans ce cas, nous n'aurions pas eu le choix, contrairement à ce que m'avait indiqué Romu... Peut-être est-ce en rapport avec le temps d'avant, le lieu d'où nous venons.

Dans un classeur vert, je trouve les pages qui avaient été arrachées dans notre livre de sciences. Elles évoquent avec des photos et des planches la reproduction humaine. Tous mes copains rêveraient d'être à ma place. Je m'arrête sur la photo d'une maman ou d'une sœur, avec des cheveux longs et des pectoraux en forme de cône, qui doivent servir à l'allaitement. Je glisse les feuilles sous ma chemise, je prendrai le temps ce soir de les examiner plus en détail.

Dans le même classeur, je trouve des schémas du cerveau, des dessins de têtes rasées couvertes de petites zones de tailles différentes et numérotées. En dessous, la légende indique à quoi elles correspondent : sentiments, motricité, intelligence, mémoire 1, mémoire 2... Dans les pages qui suivent, on parle de mémoire autobiographique, de mémoire sémantique, de mémoire à court et long termes. Pour l'instant, je n'y comprends rien, mais un jour ces documents devraient m'éclairer sur les tripatouillages pratiqués dans la salle située au-dessus de l'infirmerie.

Tout en bas de l'armoire, plaqué contre le fond, je déniche un fin classeur métallique avec un impressionnant cadenas à roulettes. C'est une combinaison à dix chiffres. Je suis presque sûr d'être enfin tombé sur quelque chose d'important. Cette boîte renferme sans doute une partie des secrets de la Maison. Mais je sais aussi que je devrai attendre longtemps avant de réussir à l'ouvrir.

Le repas du soir tourne vite à la bataille rangée. Cela a commencé par une table de Bleu foncé. Au début, ce sont des boulettes de pain qui fusent, puis des morceaux entiers et enfin l'eau et le contenu des assiettes. Les grands, surpris, mettent du temps à réagir. Les petits sont «désarmés» et plaqués contre les murs. Deux enfants qui se débattent se font frapper.

— Repas suspendu pour les Bleus, tous les Bleus.

— J'ai rien fait! hurle un petit en larmes.

— J'ai dit : Tous les Bleus! répète Numérius. Tour de garde par six. S'il le faut, frappez-les!

Numérius pointe six grands qui se chargent d'organiser un rang parfait en vociférant et en bousculant les plus jeunes. La colonne quitte la salle à manger dans le plus grand silence. Mais les petits ne sont pas calmés pour autant.

— Réunion des Isolants dans cinq minutes. Mangez et réfléchissez aux mesures qu'on peut prendre contre eux.

Je suis mal à l'aise parce qu'il a parlé de «mesures contre eux», comme s'il s'agissait de nos ennemis. Ils nous ressemblent. Ils sont juste plus jeunes que nous.

La fin du dîner se déroule dans un calme glacial. Ensuite chacun saisit sa chaise et nous nous disposons pour former un cercle.

— Que proposez-vous? lance Claudius.

Je vais dire ce que j'ai sur le cœur. Je suis sûr qu'ils seront d'accord :

— Il ne faut pas les punir. Il faut leur parler, leur expliquer les problèmes qu'on rencontre et les conséquences de leurs conneries. Il faut aussi leur donner un rôle à jouer, qu'ils se sentent impliqués et…

— J'ai eu tort de sévir, alors? demande Numérius, agacé.

— Je n'ai pas dit ça. La réaction pendant le repas, bien qu'un peu violente à mon goût, était justifiée, mais elle ne résout rien.

— Moi, je crois qu'il faut les punir, intervient Mamercus. On ne peut pas utiliser le frigo, car ce serait les livrer aux César et à leurs monstres, alors frappons-les devant tous les autres. Ça servira d'exemple.

— On n'a pas le droit d'être pires que les César, objecte Marcus.

— C'est la guerre! tranche Numérius. On n'a pas le temps d'inventer une nouvelle punition qui fasse moins mal!

— On pourrait les droguer, il reste un gros stock de sédatifs. Comme ça, ils dormiraient toute la journée, propose Tibérius.

— Punissons-les ou débarrassons-nous d'eux, ajoute un Violet nommé Brutus. Tout à l'heure, quand je maîtrisais l'un d'entre eux, il m'a menacé. Ces gars-là représentent un danger pour nous.

— Si personne n'a rien à ajouter, passons au vote.

Je redemande la parole :

— Laissez-moi une chance de régler le problème par la discussion. Ce ne sont que des petits, on était comme eux avant. On ne doit pas s'en faire des ennemis. Si, demain, ils recommencent, je vous laisserai les punir.

Claudius intervient avec calme :

— Pour moi, c'est d'accord. Tu en prends la responsabilité. Mais pour ce soir, il me paraît raisonnable de les droguer. Nous avons des questions urgentes à trancher. On ne doit pas perdre de temps.

Nous débarquons dans le dortoir qui est étrangement silencieux alors que personne ne dort. J'aperçois cinq enfants à genoux, les mains sur la tête, près de l'entrée. Ils ont du sang sur la chemise.

Numérius prend la parole :

— Distribution d'eau avant de dormir. Vous verrez demain ce qu'on décidera. Rangez-vous en colonnes.

Les Isolants sont de nouveau réunis dans la salle à manger. Les serviteurs nous ont rejoints. Numérius mène les débats :

— Je vais commencer par vous présenter les réflexions du groupe et après nous déciderons ensemble de la marche à suivre. Nous ne pouvons rester isolés. Quand les soldats seront de retour, il sera difficile, voire impossible, de réussir tout seuls face à eux. Ils sont armés, entraînés. Ils peuvent nous couper des autres, bloquer le ravitaillement et nous affamer. Nous devons réunir toutes les forces possibles de l'île contre les soldats pour préparer la bataille qui aura lieu à leur retour.

« Le problème, c'est que jusqu'à maintenant les seuls contacts que nous avons eus avec l'extérieur étaient des messages écrits. On ne peut pas être sûrs qu'ils n'émanent pas des César et de leurs alliés.

« La conclusion à laquelle nous sommes parvenus est qu'il faut sortir de la Maison et aller se rendre compte de la situation par nous-mêmes, bien que ce soit extrêmement dangereux. Comme je suis à l'origine de cette mutinerie, je me sens responsable de vous tous. Aussi, je souhaite participer à cette expédition. Le groupe propose qu'on sorte à deux cette nuit même.

Les têtes approuvent silencieusement.

Je me lance :

— J'irai avec toi, si tu veux bien.

— Pas toi ! intervient Marcus.

— Pourquoi ?

Il semble chercher ses mots.

— Parce que, sans toi, j'ai… enfin, je veux dire, on… on a peur ici. On ne sait pas toujours comment réagir et…

Les autres sourient et son visage s'assombrit. Numérius reprend la parole comme si de rien n'était :

— Y a-t-il d'autres volontaires que Méto ?

Sept mains se lèvent : les costauds de la bande, ceux qui ont joué aux armes tout l'après-midi et qui veulent en découdre.

— Comment fait-on, Numérius ? Tu veux décider ? propose Claudius.

— Je ne veux pas choisir. Je propose que le sort désigne celui qui m'accompagnera.

Claudius déchire des petits papiers de taille égale et les distribue aux volontaires. Un crayon circule pour que chacun griffonne son nom. Notre ami récupère les papiers et les plie soigneusement en quatre. Il les enferme entre ses mains et souffle doucement au niveau des pouces pour les mélanger durant une trentaine de secondes. Enfin, il relève le majeur de la main droite, ouvrant ainsi un trou. Un papier s'échappe et tombe à ses pieds.

— Mamercus.

L'enfant désigné sourit. Ses copains viennent lui toucher l'épaule en signe de soutien. Numérius enchaîne :

— Nous allons sortir pour rejoindre les Oreilles coupées et tenter de libérer des serviteurs.

— Vous devez vous barbouiller la peau avec du noir de cheminée et emporter des couteaux recourbés et des poinçons. Nous en avons découvert dans le vestiaire. Ils s'en servaient pour fabriquer des chaussures. C'est très efficace pour tuer, assure Titus.

— Bonne idée, mais je ne suis pas sûr de savoir faire ça, déclare Numérius.

— Laisse-moi vous accompagner. Je le ferai pour vous.

— Titus, la décision a été prise, ne revenons pas là-dessus. Mais je suis d'accord pour que tu nous montres des prises un peu plus tard. Je reprends : nous savons que les gardiens portent autour de leur cou les clefs des chaînes servant à attacher les serviteurs extérieurs pendant la nuit. Un double de toutes ces clefs se trouve sur le trousseau que nous avons récupéré dans le bureau des César. Nous emporterons donc toutes les clefs dont nous ne connaissons pas l'usage.

— Vous savez où trouver les esclaves, dehors ? demande Marcus.

— Optimus nous a fait un plan. Il a travaillé à l'extérieur pendant quelques mois au début, avant de tomber gravement malade. Si les campements n'ont pas changé de place, on sait où les localiser.

— Il y a beaucoup de gardes ?

— Chaque brigade, précise Optimus, comporte vingt travailleurs, dont deux mouchards et trois gardes qui se relaient pour dormir. Ils sont armés.

— Et comment rentrerez-vous en contact avec les Oreilles coupées ?

— Nous ne savons pas, mais d'après Optimus...

— C'est eux qui les trouveront, explique ce dernier. Ils ont des guetteurs partout.

— Nous devons déterminer par où Mamercus et Numérius vont sortir, reprend Claudius. Il y a quatre issues aux quatre points cardinaux, malheureusement elles sont très visibles.

— Je sais ce qu'il faut faire, intervient Mamercus. Il faut créer une diversion. Leur faire croire qu'on sort au nord et sortir au sud un peu plus tard.

— Bien raisonné, approuve Titus. On sort avec des armes à feu, on fait un maximum de bruit. On avertit en même temps les Oreilles coupées qu'il se passe quelque chose. Si on se débrouille bien, on dégomme deux ou trois soldats au passage.

— Que nous reste-t-il à faire avant l'heure H ? demande Mamercus.

— Il faut installer des sentinelles aux quatre sorties possibles, déclare Claudius, et observer s'il y a des mouvements de troupes.

Il se tourne vers Numérius et Mamercus :

— Vous deux, Titus va vous expliquer comment vous servir de vos lames.

— Je vais vous indiquer les parties du corps les plus tendres à percer, précise ce dernier.

— Allez-y, les gars, reprend Claudius. Méto, toi, tu prépares la journée pour les Bleus. Tu me tiendras

au courant après le petit déjeuner. Je veux deux sentinelles par issue. Optimus va vous montrer le
chemin. Les autres, allez vous coucher. Je suis sûr
que demain nous aurons à faire face à de nouveaux
problèmes.

Il serre dans ses bras les deux futurs éclaireurs.
Tous les enfants les entourent en silence et viennent
former une masse compacte autour d'eux.

Je n'ai pas eu l'occasion de leur parler de mes
découvertes de l'après-midi dans le bureau des César.

CHAPITRE
10

Il est sept heures. Ce matin, je retiens les petits dans le dortoir. Je leur assène un discours moralisateur sur les provisions qu'il faut économiser, sur le respect qu'on doit avoir envers les serviteurs. Je les menace des pires châtiments, du retour du frigo, de coups donnés en public, si leur attitude n'évolue pas dans le bon sens. Je leur présente aussi le programme de la journée : du sport, des travaux ménagers avec les serviteurs, mais également des cours sans sujet défini où ils pourront poser toutes les questions qu'ils voudront.

— Toutes les questions qu'on voudra ? insiste un Bleu clair qui n'en revient pas.

— Oui, toutes.

Leur curiosité est piquée. L'animosité, voire l'agressivité qu'on pouvait ressentir hier soir, semble avoir disparu.

Dans le réfectoire, les grands sont déjà installés selon mes directives. Les petits bouchent les trous laissés : aucun regroupement d'agitateurs n'est possible. Ils se sentent sous contrôle. Le calme règne pour la première fois depuis le début du soulèvement. J'en profite pour m'informer auprès de Claudius des derniers événements de la nuit. Je commence par lui faire part de ma frustration :

— J'aurais voulu être là, mais je me suis endormi sur ma préparation de la journée. Je me suis réveillé avec le jour et j'ai compris au vu du silence qui régnait dans les couloirs que tout était terminé.

— Tu devais bien dormir, car ça ne s'est pas déroulé dans la discrétion. L'opération a commencé vers deux heures. La diversion a eu lieu côté nord. Titus et deux autres ont fait une sortie discrète, et, quand ils ont repéré des soldats, ils ont ouvert le feu. Ils pensent en avoir touché mortellement au moins deux. Au bout de quelques minutes, on a entendu des mouvements de troupes qui affluaient en renfort. Nous avons alors fait sortir Mamercus et Numérius par l'issue opposée. Après un bon quart d'heure à échanger des tirs, nos trois camarades se sont repliés à l'intérieur, heureusement sains et saufs.

— Tu t'attends à avoir des nouvelles quand ?

— J'espérais qu'ils seraient de retour avant le lever du soleil. En cas de difficultés à rentrer avant la fin de la nuit, ils avaient pour consigne de se cacher pendant la journée. J'ai posté des guetteurs en haut du phare pour tenter de les repérer. Des tireurs sont prêts à couvrir leur repli. Nous n'avons plus qu'à attendre. Et avec les petits ? Quel est le programme ?

Je lui fais un topo rapide. Il approuve, mais me demande de ne pas solliciter des gars comme Titus et des «membres de la garde» pour animer le sport. Ils doivent être disponibles en cas de retour difficile de nos deux émissaires.

Le premier cours commence. J'ai regroupé tous les Bleus dans la même salle et je leur ai demandé de m'écrire la question ou le thème qu'ils veulent aborder. Le choix est vite fait. Une écrasante majorité propose qu'on parle des femelles chez les humains.

Je commence dans un silence recueilli :

— À l'instar des autres mammifères, on trouve chez les humains des mâles, qu'on appelle des «hommes», des femelles qu'on appelle des «femmes» et des enfants qui, quand ils sont mâles, sont appelés «garçons» et, quand ils sont femelles, sont appelés «filles». Dans ce qu'on nomme une famille, le géniteur s'appelle le «père» ou le «papa», la génitrice la «mère» ou la «maman», le garçon le «fils», et pour la fille... eh bien... on dit la «fille». Quand les mêmes géniteurs ont plus d'un enfant, celui ou celle qu'ils ont déjà désigne le nouveau par le mot «frère» si c'est un garçon et par le mot «sœur» si c'est une fille.

Comme pour Marcus, la veille, la simple évocation de ces mots provoque chez une partie de l'auditoire des réactions physiques discrètes mais perceptibles, des déglutitions, des soupirs, des yeux rougis, des larmes aussi. Comme si remontaient soudain à la surface des souvenirs trop forts.

— Pour une fois, me fait remarquer Kaeso, j'aurais eu envie de prendre des notes sur mon cahier. Tout m'intéresse. Mais j'ai un peu peur de ne pas tout retenir, il y a tellement de vocabulaire.

Après un court silence, un des enfants m'interpelle :

— Et à quoi ça ressemble exactement, une femme ? Combien a-t-elle de paires de mamelles ?

— Je vais vous la dessiner rapidement. Si je commence par la tête, elle est semblable à celle de l'homme, sauf qu'elle n'a pas de pilosité sur les joues comme les César. Les femmes portent sur tous les schémas que j'ai vus des cheveux très longs. Je ne sais pas très bien à quoi cela peut leur servir. Elles ont une paire de mamelles qu'on appelle des seins. Nous avons nous-mêmes deux mamelons, il faut les imaginer surmontant deux bosses graisseuses.

— C'est gros comment ?

— Il semblerait qu'il y ait des tailles et même des formes assez variées. Je montrerai en fin de cours, si vous êtes sages, les différents dessins que j'ai trouvés. Les hanches sont plus larges que celles des hommes car c'est à ce niveau que l'enfant se développe après la fécondation.

Le débat continue ainsi dans une ambiance chaleureuse. Les questions se font plus techniques : durée de la gestation et durée du sevrage, nombre d'enfants par portée. J'essaie, à chaque fois, d'être précis et d'apporter le vocabulaire spécifique pour les humains, ce qui m'oblige à relire sans cesse mes notes.

— Méto, interroge Kaeso, est-ce que tu sais si, parmi nous, il y en a qui sont frères ? Moi, je crois que Décimus est mon frère. On se ressemble et on pense souvent pareil.

— Je ne peux pas te répondre. Il doit y avoir quelque part dans la Maison des archives qui pourraient nous renseigner sur nos origines, mais on ne les a pas encore trouvées.

— Est-ce que, à mon stade de développement, je pourrais être un géniteur ?

— Pourquoi tu demandes ça ? Il n'y a pas de fille pour t'accoupler ! répond un gamin qui se cache derrière son voisin.

Quelques enfants partent d'un grand éclat de rire. J'attends qu'ils se calment.

— La puberté, c'est-à-dire la période où on passe de l'état d'enfant à celui d'adulte, a lieu entre treize et quinze ans chez les garçons. Le problème, c'est que nous ne connaissons ici que le nombre d'années que nous avons vécues depuis notre arrivée. Pas le nombre de celles vécues avant. Pour être simple, je te dirai que tu es trop jeune pour être papa. Il y a des signes associés à la puberté, poils sous les bras et sur le menton, par exemple, que tu n'as pas.

— Toi tu pourrais, alors ?

— Il semble que oui. J'ai déterminé que j'avais sans doute à peu près quatorze ans.

D'autres enfants lèvent la main pour poser des questions, mais nous devons nous arrêter.

— On doit passer à la suite du programme. Demain, je vous promets qu'on pourra recommencer.

— Allez ! Une dernière ! Méto, s'il te plaît !

J'aperçois Claudius qui patiente dans le couloir. Il me fait signe de sortir.

— Demain, je vous le promets. Attendez deux minutes, je reviens.

Je sors de la salle. Mon ami semble préoccupé.

— Tu as des nouvelles de Numérius et Mamercus ?

— Aucune. Aucun signe. Tout est très calme. Je ne sais pas quoi penser. Titus a proposé de partir à leur recherche avec Octavius. Je m'y suis opposé. Je ne veux pas risquer de les perdre à leur tour. Toi, quel est ton avis ?

— Tu as raison. Dis-lui d'attendre jusqu'à la nuit, nous prendrons la décision ensemble.

— Comment ça se passe avec les petits ?

— Très bien, ils sont passionnés.

— Je vois un dessin bizarre au tableau. Laisse-moi deviner… C'est une femelle humaine ?

— Tout juste. J'ai retrouvé les pages arrachées du livre de sciences…

— Les pages 42 à 48 ? Quand as-tu fait cette découverte ?

— Hier après-midi, dans le bureau des César, mais je n'ai pas trouvé l'occasion de t'en parler.

— Je ne sais pas si nous en verrons un jour un spécimen en vrai, déclare Claudius, soucieux.

— J'en suis sûr. Nous avons encore plusieurs années à vivre. Tu viens présenter la suite aux Bleus avec moi ?

— Oui, ça me changera les idées.

Nous rentrons dans la salle où les Bleus nous accueillent avec le sourire.

— Suite à l'épisode d'hier soir, commence Claudius, très solennel, nous avons décidé de vous faire découvrir le travail des serviteurs de la maison. Vous allez être associés à un serviteur et vous le suivrez pendant les deux heures qui nous séparent du repas de midi. Vous l'observerez, vous l'aiderez et vous lui obéirez en tous points. Avez-vous des questions ?

— Je ne comprends pas très bien l'intérêt de cette activité, objecte un petit qui se planque derrière les autres.

Claudius hausse le ton :

— J'aimerais te voir quand tu me parles. Approche-toi, Cornélius! Je crois que tu comprendras quand tu auras vécu l'expérience. Fais-nous confiance et dis-toi que tu n'as pas le choix. D'autres questions?

L'ambiance s'est de nouveau tendue. Je reprends la parole d'un ton le plus naturel possible :

— Je vais faire l'appel et vous indiquer le nom de votre tuteur-serviteur et le lieu où il se trouve. Il vous attend. Soyez respectueux. Des grands passeront vérifier que tout se déroule comme il faut.

En sortant, certains me lancent un drôle de regard, comme si je les avais trahis.

À l'heure du repas, nous n'avons toujours pas de nouvelles de nos camarades. Titus est très agité. Il s'assoit en face de moi. Il s'efforce de parler doucement car il ne veut pas que les petits entendent :

— Il faut que tu ailles voir Claudius, me dit-il. Toi, il t'écoute. On doit faire quelque chose. Imagine que Mamercus et Numérius se soient cachés, les autres doivent passer l'île au peigne fin. Plus nous attendons, plus les chances de les retrouver diminuent.

— Titus, on ne sait pas où les chercher. Et nos ennemis n'attendent sans doute que ça, qu'on sorte par petits groupes et qu'on se fasse prendre les uns après les autres. Tant que nous avons les armes, que nous surveillons les issues, ils ne peuvent rien tenter contre nous. En revanche, je pense que pour nos deux camarades c'est foutu. Ils ont dû les prendre. À moins, et c'est à cet espoir que je m'accroche, à moins qu'ils ne soient d'abord tombés sur les Oreilles coupées.

— Au fond, je sais bien que tu as raison, que ce serait dangereux, voire suicidaire, mais je n'en peux plus d'attendre.

Il a du mal à contenir son impatience. Il manipule bruyamment sa mitraillette et il met en joue des cibles imaginaires en faisant claquer sa langue.

— Titus, je crois que, bientôt, on regrettera cet endroit.

— Pourquoi dis-tu ça ?

— Je sens au fond de moi que le temps ici nous est compté. Arrête de jouer et profite de ton repas chaud.

Le déjeuner se passe sans incident. Les petits, bien encadrés, mangent avec appétit. Je cherche des yeux ceux qui me défiaient du regard tout à l'heure. Je ne parviens pas à décrypter ce qu'ils peuvent ressentir à cet instant.

À l'issue du repas, nous réunissons les Bleus dans le gymnase. C'est Claudius qui mène les débats :

— D'abord, je veux vous dire que je suis content car les serviteurs que j'ai rencontrés avant le déjeuner m'ont rapporté que vous vous étiez bien tenus. Alors, les gars, pouvez-vous nous raconter ce que vous avez fait ?

— Moi, j'ai fait la lessive. J'ai essayé d'enlever des taches de confiture sur des vêtements. C'était pénible.

— Moi, j'ai lavé les douches et les toilettes.

— Moi, le sol des couloirs.

— Moi, j'ai préparé à manger. J'ai épluché des centaines de carottes. Mais je n'ai pas trouvé ça trop long parce que j'ai discuté avec Optimus. On a parlé de celui qui m'a initié autrefois parce que c'est son ami. Il m'a raconté qu'Appius s'est coupé l'oreille pour fuir il y a un mois.

— Moi, le mien m'a révélé tout ce qui lui est arrivé après qu'il a cassé son lit.

— Moi, j'ai appris des trucs horri…

Quelqu'un frappe à la porte et entre sans attendre. C'est Titus, le visage fermé, qui s'adresse à Claudius :

— Viens. Il y a du nouveau.

— Méto, tu termines. Je reviens dès que je peux.

Mes deux copains sortent de la pièce. Personne n'ose reprendre la parole. Je décide d'abréger la discussion. C'est trop dur de ne pas savoir.

— Bien. Ce matin, quelqu'un a demandé pourquoi on vous imposait ces travaux. Il y a deux raisons que vous avez comprises maintenant. D'abord, vous faire rencontrer des serviteurs qui, il y a quelques années, étaient à votre place ; vous montrer également ce qu'est leur travail et le boulot que vous leur donnez quand vous agissez n'importe comment. Nous voulons, dans quelque temps, partager le travail avec eux et...

Je n'arrive plus à faire semblant. Les visages de Numérius et de Mamercus m'apparaissent sans cesse.

— On va arrêter là pour aujourd'hui. Vous vous rendez calmement en salle de jeux et... Allez-y.

Je retrouve Claudius et Titus au centre de la Maison.

Le ton monte :

— Je te l'avais dit. On les a abandonnés.

— Tais-toi. Ne dis pas ça, Numérius était mon meilleur ami.

J'arrive en courant.

— Expliquez-moi ce qui se passe et arrêtez de vous engueuler. On doit rester unis.

— C'est foutu, Méto. Ils ont eu Numérius.

Claudius peine à contenir son émotion :

— On a reçu un message de l'extérieur nous indiquant qu'on trouverait un *colis au frigo*. On a entrouvert la porte et on a vu le corps de Numérius avec un message autour du cou : *Rendez-vous ou vous finirez tous comme lui.*

— Il est toujours là-bas ?

— Méto ! C'est tout ce que ça te fait ? s'insurge mon ami. Ils l'ont tué et toi tu...

Je le prends dans mes bras quelques secondes. Soudain, il éclate en sanglots. Je l'entraîne vers le bureau des César et je l'assois dans un fauteuil.

— Attends-nous là. Repose-toi.

Je sors, accompagné de Titus.

— Il faut vérifier qu'il est bien mort et surtout qu'il n'a pas dissimulé un message pour nous avant d'être pris.

— Tu as raison, mais je vais appeler du renfort. Si c'était un piège, il faut qu'on soit couverts.

Le corps de notre ami gît à nos pieds. Je lui ferme les yeux. J'inspecte ensuite ses poches. Je lui ouvre la bouche. Marcus ne peut s'empêcher de me le reprocher :

— Laisse-le en paix, Méto. Il est mort.

Je continue ma fouille sans me déconcentrer. Et, dans sa chaussette gauche, je trouve deux feuilles pliées en huit. Ce n'est pas l'ultime message de Numérius, c'est une missive de Romu. Elle m'est adressée. J'entreprends de la lire à haute voix.

Méto,

C'est bien moi. Fais-moi confiance. Pour ce message, je suis absolument sûr qu'ils ne se doutent de rien. Si on se rencontre un jour, je t'expliquerai pourquoi. La feuille qui suit te donne la liste de ceux qui seront exécutés après l'assaut. Tous ceux qui s'y trouvent doivent fuir la Maison avant ce soir minuit. C'est l'heure

actuellement retenue pour l'intervention. Mais ne
tardez pas trop car elle peut être avancée. Les soldats
seront de retour sur l'île d'un moment à l'autre. Ce
sont eux qu'on attend pour passer à l'attaque. Il existe
un tunnel qui peut vous permettre de rejoindre le sud
de l'île, zone non contrôlée par les troupes de mon père.
On y accède par le débarras (porte 101). À l'intérieur,
tourne le clou auquel est suspendu le balai pour ouvrir
l'entrée du passage. Un long escalier vous conduira en
dehors de la Maison. À la sortie du tunnel, suivez le
chemin tout droit. À deux cents mètres, sur la gauche
du sentier, se trouve un poste de garde que vous devrez
neutraliser avant de passer. Il faut à tout prix éviter
que l'alerte ne soit donnée. Bonne chance.

Romu

Mes copains se jettent sur la liste. Ils trouvent tous
leur nom. Marcus ne peut retenir ses larmes. Nous
partons retrouver Claudius.

Il est étrangement calme. Il parcourt rapidement
la liste et déclare :

— Tous les Rouges et les Violets, et tous les serviteurs, ils ne font pas dans le détail… Alors ? Vous
en pensez quoi ?

Mes copains se tournent vers moi. Ils savent déjà
ce que je vais dire :

— Ce n'est pas un piège. Romu ne m'a jamais
trahi. La fuite nous permettra de bien montrer que
nous seuls sommes responsables, que les petits n'ont

fait que nous obéir. En ne les mêlant pas à une résistance, de toute façon inutile, nous augmentons les chances qu'ils soient épargnés. Et comme nous partons avec les armes et que quelques-uns d'entre nous sauveront sans doute leur peau, peut-être pourrons-nous même revenir un jour libérer les Bleus.

Mes copains semblent abattus et personne ne songe à discuter. Octavius conclut pour tout le monde :

— Perdu pour perdu…

Claudius reprend la parole :

— Nous partirons après le repas. Je vais aller prévenir les serviteurs. Méto, retourne près des petits. Les autres, préparez les sacs. Emportez à manger et des couvertures, des vêtements chauds aussi. Titus, tu t'occupes des armes. Ce soir, il ne faudra pas lésiner sur le somnifère pour les Bleus. On mangera à des tables séparées pour ne pas se tromper. Est-ce que j'oublie quelque chose ?

— On pourrait emporter les combinaisons d'inche sous nos affaires et porter des casques, propose Marcus.

— Retenu.

— Est-ce qu'on ne pourrait pas mettre dans la confidence un des Bleus pour qu'il explique aux autres un peu plus tard la raison de notre départ ?

— Méto, tu ferais courir un grand risque à tout le monde. Je ne sais pas ce que vous en pensez, les gars, mais ça me semble être une très mauvaise idée.

— Je suis d'accord, déclare Titus, catégorique. Oublie ça, Méto.

Je hoche la tête en signifiant que je me rallie au groupe. Nous nous dispersons. Je retrouve les Bleus, étonnamment calmes. Décimus quitte sa table de jeu pour venir me parler :

— T'as vu, on est sages. On voulait te faire la surprise. C'est bien, cette révolte. Elle est sympa, la Maison, comme ça. Méto ? Méto, pourquoi tu fais la gueule ? Vous avez eu de mauvaises nouvelles ?

— Non, ça va. On est inquiets parce que Numérius et Mamercus sont partis rallier les autres serviteurs de l'île la nuit dernière et que nous n'avons pas de nouvelles.

Son visage devient grave. Il hésite puis se lance :

— Tu crois que tout pourrait redevenir comme avant ?

— Non, on est là, nous. On est là pour que ça n'arrive pas.

— Tu viens jouer avec nous ?

— Pourquoi pas ?

Claudius s'est installé face à moi pour le repas. Il est pensif. Moi aussi. Je me sens déjà nostalgique d'un monde que pourtant je n'aimais pas. Des choses vont me manquer quand même. Les parties d'inche, par exemple, ou les conversations clandestines, le soir avant de dormir. J'ai l'impression de n'en avoir pas assez profité. Une page se tourne définitivement. J'ai peur aussi que mes amis meurent ce soir. Tous ceux qui me font confiance vont peut-être tomber dans un piège. Je pense à Claudius, qui est à l'origine de cette révolte, qui l'a provoquée pour sauver son ami Numérius, mort aujourd'hui. Vers où ses pensées vont-elles, là, à cet instant ?

— Méto… Méto ? appelle Claudius.

— Oui, pardon ? Tu disais ?

— Les petits étaient sages quand tu as débarqué tout à l'heure sans prévenir ?

— Oui, c'était beau à voir. Je savais qu'on pouvait arriver à un équilibre, ici.

— On aura manqué de temps et d'un peu de chance, déclare Claudius.

Titus intervient brutalement :

— Revenez sur terre, les gars. Ce soir, c'est de survie qu'il s'agit. Pensez à bien manger. Fourrez-vous du pain et du sucre dans les poches. Le rendez-vous est fixé dans une heure. Tout le monde devra se passer le visage et les mains à la suie.

— J'irai surveiller le coucher et je vous rejoindrai le plus vite possible.

— Ton sac est fait ?

— Non, pas encore.

— Je le préparerai pour toi, me propose Claudius. C'est bien que tu continues à t'occuper des petits. Comme ça, ils ne se douteront de rien. Il n'y a rien de spécial que tu désirerais emporter ?

— Si, trois choses : un classeur métallique qui, je

l'espère, contient plein de secrets sur la Maison et sur ses habitants, un petit cahier, et aussi un dossier vert avec des documents scientifiques, entre autres sur la reproduction humaine.

— Alors là, tu m'intéresses, intervient Titus avec un large sourire.

— C'est tout ?

— Oui.

Les petits, commençant à sentir les effets de la drogue dissoute dans l'eau, se dirigent rapidement vers les dortoirs. Comme chaque soir, ils plient leurs affaires et se hissent dans leur lit avec précaution. Certains s'endorment à l'instant où leur tête touche l'oreiller.

Qu'ils dorment. Le réveil sera dur demain. Ils ne vont rien comprendre. Je sais que j'ai promis, mais c'est plus fort que moi. Je me dirige vers le lit de Décimus, qui garde encore quelques instants les yeux ouverts.

— Donne-moi ta main, Décimus, et promets-moi de m'écouter jusqu'au bout sans réagir.

Il acquiesce. Son visage est grave. Il doit sentir que je ne suis pas seulement là pour lui souhaiter bonne nuit.

— Décimus, les grands doivent quitter la Maison cette nuit.

— Quoi ?

Je lui plaque la main sur la bouche. Comme je sens qu'il se détend, je relâche la pression.

— Écoute-moi, Décimus. Tu vas bientôt t'endormir. Il faut que tu m'écoutes. Nous avons reçu un message cet après-midi. Nous sommes condamnés, nous devons fuir et éviter au maximum que vous ne souffriez de nos actions. Nous n'avons pas d'autre solution. Je te fais le serment que si nous arrivons à rejoindre les Oreilles coupées, j'organiserai la révolte contre les soldats et on viendra vous libérer. On ne vous oubliera pas.

Décimus a lâché ma main. Il dort. J'espère qu'il aura compris le principal. Je cours retrouver mes amis. C'est bientôt l'heure.

— On n'attendait plus que toi. Alors, ça y est ? Ils dorment tous ? m'interroge Claudius en me jetant mon sac.

J'enfile une carapace tout en parlant :

— Oui, j'ai attendu que le dernier soit endormi.

Octavius, qui est déjà prêt, me vient en aide. Je recouvre mes protections d'un manteau. Et pendant que je me maquille de noir, Titus me met au courant du plan :

— Quand on sera dans le tunnel, silence total. Je passe devant avec Tibérius. On rampe tous les deux jusqu'au poste de garde et on les neutralise en silence. Quand on siffle trois fois, vous arrivez avec nos sacs et nos fusils. C'est bon pour tout le monde ?

— Vous allez vous y prendre comment ? interroge Marcus.

— Fais-nous confiance. On s'est entraînés tout l'après-midi. Un lacet, une bonne lame et l'effet de surprise nous permettront de prendre l'avantage.

Mes copains s'écartent pour me laisser ouvrir le placard à balais et actionner l'ouverture. Et ça marche. Titus, muni d'une torche électrique, me dépasse avec son copain de combat. Le boyau est étroit. Nous descendons les marches les uns à la suite des autres. Une porte claque derrière nous. Trop tard pour les regrets.

À suivre…

Du même auteur, aux éditions Syros

C'était mon oncle !, coll. « Tempo », 2006

Jacquot et le grand-père indigne, coll. « Tempo », 2007

Méto, tome 1 : « La Maison », 2008
Prix des Collégiens du Doubs 2008
Prix Tam-Tam Je Bouquine 2008
Prix jeunesse de la ville d'Orly 2009
Prix Enfantaisie 2009 (Suisse)
Prix Ruralivres en Pas-de-Calais 2008/2009
Le Roseau d'or 2009 (44)
Prix Gragnotte 2009 de la ville de Narbonne
Prix Chasseurs d'histoires 2009 de la ville de Bagneux
Prix des Dévoreurs de livres 2010 (27)
Prix Frissons du Vercors 2010
Prix Bouqu'en Stock 2010 (académie de Rouen)
Prix des lecteurs ados de Concarneau et Quimperlé 2010
Prix Adolises Montélimar 2011

Méto, tome 2 : « L'Île », 2009

Méto, tome 3 : « Le Monde », 2010

Méto, L'intégrale, 2012

Seuls dans la ville entre 9h et 10h30, 2011
Prix littéraire des collégiens du Bessin Bocage 2012
Prix AdoLire 2012
Prix Latulu 2012 (Maine-et-Loire)
Prix Gragnotte 2012 (Narbonne)
Prix des collégiens d'Issoire 2012
Prix Passez la 5e 2012 (Val d'Oise)

L'École est finie, coll. « Mini Syros », 2012

Nox, tome 1 : « Ici-bas », 2012

Nox, tome 2 : « Ailleurs », 2013

 Devenez fan, suivez toute notre actualité
www.facebook.com/Editions.Syros

SYROS

Ouvrage composé par
PCA – 44400 Rezé

Cet ouvrage a été imprimé
en France par

BRODARD & TAUPIN

La Flèche (Sarthe), le 18-03-2013
N° d'impression : 72233

Dépôt légal : avril 2013

MIXTE
Papier issu de
sources responsables
FSC® C003309

Pocket Jeunesse, une marque d'Univers Poche,
est un éditeur qui s'engage pour
la préservation de son environnement
et qui utilise du papier fabriqué à partir
de bois provenant de forêts gérées
de manière responsable.

www.pocketjeunesse.fr
· POCKET JEUNESSE

12, avenue d'Italie – 75627 PARIS Cedex 13